OBJETOS DE PODER

# A MONTANHA DA LOUCURA

# MARCOS MOTA

OBJETOS DE PODER

# A MONTANHA DA LOUCURA

*Livro 5*

Principis

Esta é uma publicação Principis, selo exclusivo da Ciranda Cultural
© 2024 Ciranda Cultural Editora e Distribuidora Ltda.

Texto
© Marcos Mota

Editora
Michele de Souza Barbosa

Preparação
Walter Sagardoy

Revisão
Maria Luísa M. Gan

Produção editorial
Ciranda Cultural

Diagramação
Linea Editora

Design de capa
Filipe de Souza

Dados Internacionais de Catalogação na Publicação (CIP) de acordo com ISBD

| M917m | Mota, Marcos. |
|---|---|
| | A montanha da loucura - Livro 5 / Marcos Mota. - Jandira, SP : Principis, 2024. |
| | 256 p. ; 15,50cm x 22,60. - (Objetos do poder ; vol 5). |
| | ISBN: 978-65-5097-174-8 |
| | 1. Literatura brasileira. 2. Fantasia. 3. Simbolismo 4. Ocultismo. 5. Magia. 6. Poderes sobrenaturais. I. Título. II. Série. |
| 2024-1930 | CDD 869.93 |
| | CDU 821.134.3(81)-34 |

Elaborado por Lucio Feitosa - CRB-8/8803

Índice para catálogo sistemático:
1. Literatura brasileira 869.93
2. Literatura brasileira 821.134.3(81)-34

1ª edição em 2024
www.cirandacultural.com.br
Todos os direitos reservados.
Nenhuma parte desta publicação pode ser reproduzida, arquivada em sistema de busca ou transmitida por qualquer meio, seja ele eletrônico, fotocópia, gravação ou outros, sem prévia autorização do detentor dos direitos, e não pode circular encadernada ou encapada de maneira distinta daquela em que foi publicada, ou sem que as mesmas condições sejam impostas aos compradores subsequentes.

*Para Vera e Roberto
(in memoriam).*

*Se alguém se aproximasse de um cômico mascarado, no instante em que estivesse desempenhando o seu papel, e tentasse arrancar-lhe a máscara para que os espectadores lhe vissem o rosto, não perturbaria assim toda a cena? Não mereceria ser expulso a pedradas, como um estúpido e petulante?*

Erasmo de Roterdam *(Elogio da Loucura)*

# SUMÁRIO

Prefácio .................................................................................11

Parte I
    Emily e Cassilda ..............................................................15
    A desgraça .......................................................................27
    A loucura .........................................................................32

Parte II
    Finalmente, Corema ........................................................47
    O castelo e a rainha .........................................................60
    Tornando-se um guerreiro ...............................................81
    Desventuras de Arnie ......................................................96
    O arquiverso e suas dimensões ......................................111

Parte III
    A montanha ...................................................................131
    O símbolo amarelo .........................................................146
    O homem por trás das cortinas .....................................160
    O rei chifrudo ................................................................175

Parte IV
    A espiral numérica .........................................................187
    Inimigos do reino ...........................................................201
    Chuva de sangue ............................................................213
    A viagem de Isaac ..........................................................223

Parte V
    Os cultistas ....................................................................237
    Decadência e ruínas .......................................................247

Epílogo ................................................................................255

# PREFÁCIO

Os diversos **mundos** foram criados por meio do conhecimento e da sabedoria.

A paz, a harmonia e o bem reinavam entre as raças não humanas, até que uma força cósmica, posteriormente denominada Hastur, o Destruidor da Forma, o maior dos Deuses Exteriores, violou as leis das dimensões superiores e iniciou uma guerra.

Para evitar a destruição de todo o universo, Moudrost, o Projetista, a própria Sabedoria, dividiu o conhecimento primevo e o entregou, por meio de sete artefatos, a seis raças de Enigma.

Aos **homens,** a última raça criada, foram entregues as inteligências matemática e lógica. Às fadas, habitantes das longínquas e gélidas terras de Norm, a ciência natural. Aos **aqueônios,** a linguística. Aos **anões alados,** habitantes selvagens dos topos das montanhas, a história e geografia condensadas em um único tipo de conhecimento. Aos gigantes, os maiores dos Grandes Homens, a ciência do desporto. E aos **anjos,** primeira das raças não humanas, o conhecimento das artes.

A guerra estelar cessou, resultando no aprisionamento dos Deuses Exteriores.

Hastur, porém, conseguiu violar outra vez as dimensões da realidade e se livrar do confinamento, também conhecido como Repouso Maldito dos Deuses. Dessa forma, ele desapareceu na obscuridade, sendo obrigado a vagar pelo primeiro mundo das raças humanas à procura dos Objetos que lhe trariam o poder desejado e a libertação.

O Destruidor da Forma intentava reuni-los como única maneira capaz de destruir Moudrost e implantar o caos e a loucura no universo. Sua perturbadora fuga ao aprisionamento só foi percebida quando, um a um, os possuidores dos Objetos de Poder começaram a morrer misteriosamente, todos em datas próximas.

Quinhentos anos se passaram; os Objetos começaram a ser encontrados e um novo grupo de possuidores se formou. Eles caminham rumo à capital do Reino para um encontro com a rainha, e já tiveram a primeira perda: Aurora.

Conseguirão se manter unidos diante de todos os ardis das trevas?

A história que se segue fala sobre liderança.

# PARTE I

# EMILY E CASSILDA

*(500 anos atrás)*

O que faz um aqueônio ser um aqueônio?

Durante anos, Emily se fez a mesma pergunta. E por mais que parecesse estranho, o fato era que ela sabia a resposta. Ainda assim, a pergunta retumbava em sua mente: "O que caracteriza um aqueônio? O que o faz ser tão singular?".

– Não me venha dizer que é a cauda! – insistia Cassilda.

Para não estragar a amizade, Emily era comedida com as palavras, pois sabia que Cassilda estava errada.

– Aqueônios têm cauda, homens não; anões também não; gigantes muito menos; bardos e fadas nem de longe. É a cauda que os define.

– Não seja tola. Um anão alado que não voa, deixa de ser alado?

– O anão tem asas ou não?

– O que importa, Emy? Uma característica física é muito pouco para definir o pertencimento ou não a uma raça...

– Ser alado significa possuir asas. É uma questão de significado atribuído. Não podemos perder a referência.

– Suponhamos que ele não tenha asas, mas nasceu nas Altaneiras, de pai e mãe alados.

– Ele não deveria ser chamado de alado. Mas por ter nascido naquele local, talvez...

– Mas por ter nascido naquele local... – repetiu Cassilda, ironizando a amiga. – Nós sabemos que ele será considerado um anão alado. Ele será um alado independente de sua capacidade de voar. Percebe que não são apenas as asas que o definem? Ele tem descendência. É isso.

– Transformar uma exceção em regra? Cassy, antes você estivesse usando termos falsos. Estamos indo para Corema para lecionar, inclusive, semântica. Use seus sofismas com qualquer outro, menos comigo.

– Não seja leviana, Emily.

Elas riram. Eram amigas, mas não se pareciam em quase nada. Talvez apenas na paixão pelas letras, pela retórica, pelo estudo da persuasão e outras disciplinas relacionadas à linguagem.

Cassilda tinha um espírito livre, aventureiro. Era indomável. Para ela, não havia regras que sobrepujassem sua felicidade. Era expressiva e romântica, com seus enormes olhos verdes em um rosto magro e dissimulado. Como todo aqueônio, tinha cabelos negros e lisos que lhe desciam pelas costas e chegavam próximo da base da também longa cauda. E ela se achava atraente por causa disso.

Emily era metódica e cautelosa, gordinha e tímida. Seus olhos repuxados para os lados pareciam sempre fechados por trás das grossas lentes dos óculos.

Emily transmitia simpatia; Cassilda, arrogância velada.

Cresceram juntas na Terra Aqueônia. Conquistaram todos os prêmios e títulos escolares nas aulas de linguística. Aos dezoito anos de idade, ambas passaram nas provas para, inicialmente, estagiarem e, mais tarde, tornarem-se professoras universitárias na capital.

A tragédia entre elas ocorreu durante a tão esperada viagem a Corema, no evento em que conheceriam pessoalmente o matemático Euclides.

– Será que ele me reconhecerá?

– Cassy, ele nunca a viu.

– Eu escrevi dezenas de cartas para o professor nos dois últimos anos.

Emily riu da amiga.

– Talvez você tenha conseguido impressioná-lo com sua tese. Apresente-se como a garota das cartas. Euclides fará a associação e se sentirá confortável em conversar com você.

– Não se trata de uma tese, Emy – Cassilda olhou-se no espelho do quarto do hotel e com a cauda ajeitou o cabelo e puxou o pingente de seu cordão para fora da blusa. O pingente era um estranho e pequeno bastão semelhante ao de um gongo. – As fadas já descobriram que o som é um tipo de vibração, e também como ele se propaga. Elas definiram até mesmo o número de ciclos de onda por segundo necessário para que nossos ouvidos possam escutá-lo.

– Você está falando do que elas chamam de frequência?

– Exato.

Emily sorriu para a amiga. Era simplesmente brilhante ouvir Cassilda falar de seus estudos e descobertas, mesmo que pela centésima vez.

– Som é linguagem, comunicação, Emy.

– Escrita também.

– Sim, minha amiga. E tanto um quanto o outro, som e escrita, são capazes de controlar a pessoa que recebe sua mensagem.

Um brilho ambicioso tremeluziu nos olhos de Cassilda, enquanto ela remexia o pingente como se o protegesse em suas mãos.

E nesse dia Emily percebeu que o conhecimento alcançado por sua amiga era uma faca de dois gumes. Poderia trazer tanto o bem quanto o mal para suas vidas.

Por meio do conhecimento viria o poder. Mas Emily não estava certa de que Cassilda estivesse preparada para ele.

\* \* \*

Na universidade, as coisas não saíram conforme o esperado.

– Raguesh deixou claro para os senhores, nesta manhã, o efeito conhecido como lente gravitacional, a deformação que os corpos provocam no espaço-tempo. Isso implica em dizer que o espaço seja curvo. Muitos dizem que ele é finito e sem fronteiras. Mas esta questão realmente não importa para nós neste momento.

O matemático Euclides iniciou bem sua palestra, referindo-se ao grande estudioso das ciências naturais que encerrava sua participação.

– Imaginemos, por hora, como seria se possuíssemos apenas duas dimensões – Euclides apontou para recortes de figuras geométricas sobre a mesa. Elas podiam ser vistas das arquibancadas circulares ao redor do púlpito central. – Este triângulo, este quadrado e este trapézio somos nós. Vivemos sobre o tampo desta mesa e tudo nos parece real. Movemo-nos de um lado para o outro, para a frente e para trás, mas nunca para cima e para baixo, pois não fazemos nem ideia de que exista uma terceira dimensão: a altura. O que aconteceria se chegasse um ser tridimensional a este mundo plano?

Euclides pegou uma maçã disposta na lateral da tribuna, segurando-a no alto da mesa.

— Todo tipo de contato que esta maçã fizer com o quadrado, o triângulo ou trapézio, seres bidimensionais, será considerado por eles, em primeiro instante, como uma aberração, algo sobrenatural; um contato sombrio, medonho, vindo do além.

De seus assentos, os cientistas se inclinaram, observando com mais cautela e curiosidade a explicação. A atenção da plateia se fixava no tabuleiro, nas figuras geométricas e na maçã.

Se não estivesse tão distante, no alto da arquibancada, Cassilda faria com que Euclides a escutasse comemorar a introdução da palestra. Ela se achava inebriada com o que ouvia, por isso não conseguia se segurar e acabava batendo palmas curtas, emitindo gemidos de emoção.

Emily, a seu lado, também encantada, preservava a postura recatada.

— A maçã diz "olá", mas as figuras planas não conseguem entender as ondas sonoras que chegam até elas. Nossos seres planos podem pensar que é algo vindo de seu interior, mas também achar que estão ficando LOUCOS.

Euclides frisou o último adjetivo.

— A maçã decide se manifestar no plano bidimensional, mas este não a comporta, porque não possui altura. A maçã não pode ser contida em um local apenas com comprimento e largura; então, ela decide deixar impressões para que as figuras reconheçam sua presença. Ela quer fazer contato.

O matemático pegou uma faca; os olhares estavam atentos a seus movimentos. Não havia um ruído sequer, senão o da lâmina cortando uma fatia da fruta.

Ele embebedou em um tinteiro uma das faces da fatia e depois carimbou o tampo da mesa em várias regiões.

– Estas manchas de tinta serão objetos estranhos, tentando denunciar a existência do ser tridimensional aos nossos seres planos – Euclides apontou para as marcas feitas na mesa. – O triângulo, ou o quadrado ou o trapézio, passará o resto de sua vida ignorando as impressões. Contudo, no dia em que ele decidir compreendê-las, ele só logrará sucesso se admitir que as respostas que busca encontram-se em uma dimensão à qual ele não pertence.

O brilho nos olhos dos espectadores confirmou a excelência do exemplo que Euclides usava para introduzir suas teorias.

– Senhores, não conseguimos encontrar uma fórmula para calcular o surgimento de números primos em uma sequência matemática, porque tal fórmula possui propriedades que não pertencem ao mundo que conhecemos. Não conseguimos regenerar rapidamente um ferimento porque precisaríamos manipular variáveis que nossa constituição física não comporta. Os efeitos da gravidade relatados, de forma esplêndida, por Raguesh não podem ser alterados, a menos que consigamos enxergar além do que nossos olhos podem ver no mundo material. Várias respostas da ciência dependem de um conhecimento que não encontraremos aqui.

Um homem da mesma idade que Euclides, usando um bigode liso e torto, se pronunciou da plateia.

– Onde você quer chegar com isso, professor Euclides?

– Querido professor Random, eu quero apenas esclarecer que evoluímos muito em conhecimento. Mas o progresso da ciência só será possível daqui para a frente se olharmos além do que o mundo físico pode nos apresentar. Precisamos entrar em uma nova era do saber. O senhor percebe muito bem o que estou tentando dizer.

– A experiência dos sentidos é a única fonte reconhecida de conhecimento – retaliou Random.

Uma mulher de pele escura e cabelos negros cacheados, ali a seu lado, se remexeu. Ela demonstrou visível incômodo na interferência que Euclides sofrera no discurso.

Cassilda também não gostou de ver seu ídolo ser interrompido daquela maneira rude. Ela torceu para que o matemático desse uma resposta capaz de calar a boca de seu interlocutor.

– Você diz que a experiência dos sentidos é a única fonte reconhecida de conhecimento. Durante a noite, uma pessoa dorme e sonha que sua cadela morre atropelada. No dia seguinte, seu sonho se concretiza. Que aspecto dos sentidos acha-se envolvido na experiência que essa pessoa teve? Talvez existam mais sentidos do que os cinco que costumamos ensinar aos nossos alunos, professor Random – rebateu o matemático.

– Viemos aqui para escutá-lo contar sobre seus estudos com números e fórmulas matemáticas, Euclides. A ciência não será validada por meio de metáforas.

Euclides estava transtornado. Random era seu amigo, mas haviam discutido pouco antes de chegarem à universidade. Ele não precisava fazer todo aquele estardalhaço na palestra do amigo.

– Não estou tentando provar minha teoria com figuras de linguagem. Eu as estou usando apenas para transmitir uma ideia, fazer com que vocês alcancem a magnitude de minhas descobertas.

Random procurou uma folha em meio à papelada na mesa à sua frente e falou, enquanto lia:

– Aqui está escrito que ouviríamos você falar sobre: probabilidade, estatística e a previsão do futuro.

Emily percebeu o nervosismo de Cassilda, odiando ver Euclides colocado contra a parede daquela maneira injusta.

O matemático parecia confuso.

– Você nos promete revelar segredos da vidência envolvendo a matemática e os números primos. Mas ao que parece, vai construindo a ruína de sua própria carreira, professor! Está nos falando de sonhos e dimensões que não podem ser comprovados.

Euclides devolveu um olhar fulminante para Random. E para surpresa de todos, a voz da desconhecida aqueônia, Cassilda, ressoou no auditório.

– Esta é apenas a introdução de uma belíssima palestra. Se o professor não for interrompido novamente com grosseria, acredito que entenderemos tudo o que ele tem a dizer, quando chegar ao final de seu discurso.

Emily teve vontade de se esconder, quando viu que todos os olhares se direcionavam para elas.

Constrangido e surpreso, Random deixou que Euclides prosseguisse.

O discurso ganhou termos mais técnicos a partir daquele instante. Euler foi o matemático mais citado. Várias fórmulas e cálculos foram rabiscados em um quadro móvel trazido até à frente.

No intervalo que se seguiu à apresentação, a aqueônia correu ao encontro do palestrante.

– Professor! Professor!

Euclides a reconheceu da plateia, de quando afrontou Random.

– Muito prazer, sou Cassilda Carter – apresentou-se estendendo a mão. – Foi brilhante sua palestra, principalmente quando demonstrou que a fórmula de Euler para os poliedros diz respeito às *dimensões desconhecidas*. Uma dúvida, desculpe-me! Foi ele ou o senhor quem deu esse nome às dimensões superiores?

– Bem... fui eu.

Cassilda abriu um sorriso, ainda mais admirada.

– Quem mesmo é você? – perguntou Euclides, confuso.

– Cassilda Carter, professora interina de linguagem.

– A estagiária – corrigiu ele, quase que fazendo uma pergunta.

Imediatamente a cauda de Cassilda se ergueu e, por cima de seus ombros, estendeu-se entregando um cartão de visitas ao professor.

Euclides sorriu desconcertado. Pegou e leu.

– Você é uma aqueônia.

Nesse instante, Emily se aproximou. Cassilda ainda sorria balançando a cabeça positivamente para o professor.

– Eu descobri uma assustadora relação matemática entre diferentes frequências sonoras. Bastou-me atribuir diferentes valores ao perímetro de uma circunferência, enquanto usava a fórmula de Euler. Aqui, estou me referindo ao pi ($\pi$) da fórmula – relatou como se abrisse um parêntese. – Os vários comprimentos de onda, lambda, equivalem àqueles valores. Euler utilizou algoritmo neperiano, relativo a John Neper, uma função que surge geralmente em processos naturais, por isso não conseguiu deduzir a quarta, a quinta ou a sexta dimensão.

Euclides estava fascinado com o que acabara de escutar.

– Carter. Cassilda Carter. Você é a moça das cartas! – reconheceu ele, por fim.

– Sim... – respondeu ela, com um brilho no olhar. – E esta é minha amiga Emily.

– Sejam bem-vindas a Corema – saudou Euclides.

– Fascinante – uma voz conhecida interrompeu as apresentações. – Uma aqueônia se interessando por matemática como um humano – era Random. Ele se aproximava seguido pela mulher que permanecera a seu lado durante a palestra.

– Professor Random, estas são Cassilda e Emily – disse Euclides, tentando ser gentil.

— Dispenso apresentações.

Random ainda se mostrava contrariado por ter sido repreendido por Cassilda.

— Ocuparão cadeiras na área de humanas na universidade. Certamente se encontrarão muito com Penina — deduziu Euclides, lendo o cartão de visitas.

A mulher que chegara com Random introduziu-se na conversa, com gentileza e amabilidade.

— Muito prazer. Sejam bem-vindas à capital de Enigma. Eu sou Penina e trabalho no departamento de artes visuais, embora também tenha formação em música.

Emily percebeu orgulho e certa soberba na fisionomia de Random, enquanto Penina se apresentava. Era como se as qualificações técnicas da mulher a seu lado servissem a ele como troféus e diplomas.

— Artes visuais e música. Interessante — notou Cassilda. — São ciências geralmente relacionadas aos anjos. Existem muitos no reino. Eles mantêm profunda ligação divina, e uma humana vem ministrar tais conteúdos. Parabéns, Penina. Você deve ser realmente muito boa.

— Ninguém pode afirmar realmente que os anjos existiram. Talvez não passem de figuras de linguagem — disse Random.

— Amor, não fale assim. Não contraponha a crença de uma pessoa de maneira tão rude. Mesmo porque sei que você acredita em anjos — repreendeu Penina, sorrindo.

Cassilda e Emily ficaram encantadas com a maneira dócil com que a mulher exortara Random, e também as elogiara.

Cassilda e Emily olharam para os dedos do casal e viram alianças.

— Vocês são noivos! — disse Emily com empolgação.

— Agora que todos já nos conhecemos, preciso me retirar — interrompeu Euclides, consternado.

Cassilda se sobressaltou. Se pudesse, passaria o resto do dia ao lado do professor de matemática. Não poderia deixá-lo ir tão depressa.

Emily, por sua vez, mais atenta às subjetividades daquele encontro, notara os olhares e feições mostrados durante toda a conversa. Era provável que Euclides amasse Penina. Isso explicaria todo o ranço de Random em relação a ele e o modo abrupto como desejou sair da roda de conversas, quando tocaram no assunto do noivado. Emily guardou essa ideia em seu coração. Mais tarde, descobriria que os dois professores eram amigos; mas o noivado, ocorrido na noite anterior, provocara o clima ruim entre eles.

Instintivamente, Cassilda esticou sua cauda e segurou o braço de Euclides, para que ele não se fosse. Precisava de mais tempo com o professor.

– Por favor, professor, vamos conversar – implorou.

O movimento inesperado do quinto membro da aqueônia assustou Random, Penina e Euclides. Com o susto as pastas que o matemático segurava caíram no chão.

O barulho chamou a atenção de todos que se encontravam no recinto.

Constrangida, a aqueônia começou a pedir desculpas.

– O que uma estabanada aqueônia está fazendo em nosso meio com sua cauda indelicada? – zombou Random.

Os olhos de Cassilda se encontraram com os de Euclides, quando ambos se abaixaram para pegar os papéis. Uma ferida se abriu em seu coração, ao ouvir o comentário frívolo do noivo de Penina.

Emily fingiu não ter escutado, mas também se sentiu muito triste, como um peixe fora d'água.

Penina, a quem o comentário fora dirigido em baixa voz, balançou a cabeça em reprovação. Ela conhecia o sarcasmo de seu noivo e era o defeito dele que mais a irritava.

Euclides se levantou antes de Cassilda. Ela ficara constrangida com o insulto. Em uma das mãos segurava um anel que tirara do dedo. Na outra, o pingente do colar, que fora retirado de seu pescoço.

Cassilda tocou o metal do anel com o pingente, da mesma forma como se toca um tambor, e disse olhando para Random:

– Você é um verdadeiro idiota. Assuma.

A surpresa para Penina e Euclides seria ver Cassilda, que acabara de chegar à universidade, afrontar um professor. No entanto, o que aconteceu em seguida os deixou mais intrigados, perplexos e com medo.

– Eu sou um verdadeiro idiota – afirmou Random, como que hipnotizado por uma força estranha.

No primeiro instante, Euclides e Penina pensaram que Random levasse na brincadeira o insulto de Cassilda.

– Você é um professor fracassado – continuou ela, para espanto dos ouvintes. – Confesse!

– Eu sou um fracassado – repetiu Random.

Euclides remexeu os papéis que colocara na pasta que caíra. O horror estava em seus olhos, mas ele tentava fingir que não presenciava aquela cena bizarra. O que Random estava dizendo, e por quê?

Penina também tentava compreender. Era como se Cassilda desse uma ordem, e Random cegamente a obedecesse. Como uma coisa dessas seria possível?

– Cassy, pare com isso! – implorou Emily.

Cassilda lançou um olhar frio para a amiga e correu para a porta dos fundos do auditório.

Euclides e Penina ficaram desorientados, observando Random, que parecia acordar de uma hipnose.

O insulto sofrido por Cassilda, naquela manhã, foi apenas o começo do inferno.

# A DESGRAÇA

As praças arborizadas e as ruas bem-cuidadas de Corema não conseguiam mais alegrar o coração de Cassilda. Ela passou a nutrir ódio em relação a Random.

Durante o almoço, Emily tentou muitas vezes tocar no assunto, porém Cassilda permanecia calada ou mudava de conversa.

Desanimada com o comportamento da amiga, Emily decidiu que não voltaria para as palestras da tarde.

– Não é meu campo de interesse, Cassy. E você também deveria desistir dessa ideia de misturar matemática com linguística ou o que venha a ser.

– Sei que você não está sendo sincera, falando isso, Emy. Jamais diria para eu desistir de um sonho.

– Eu quero o seu bem.

– Eu estou bem.

Emily sabia que Cassilda mentia. Pensou em perguntar se ela notara os sentimentos de Euclides em relação à Penina. Desistiu, ao imaginar que poderia magoá-la ainda mais.

– Com ou sem você, eu irei. Preciso falar com Euclides. Olhei nos olhos dele e vi que se interessou por meus argumentos. Emy, ele pensa como eu, é apaixonado pelos números assim como eu, acredita em dimensões superiores e vem batalhando para encontrar um caminho que nos leve até elas. Você estava lá. Você ouviu tudo o que ele disse.

A empolgação de Cassilda arrefeceu repentinamente.

– Nos vemos à noite no coquetel, Emy.

A porta do quarto se fechou, assim como também se fecharia para sempre o coração de Cassilda em relação a tudo o que dizia respeito à Terra Aqueônia, a Enigma e à sua própria inocência.

Euclides, de fato, se surpreendera com as poucas palavras da estagiária, tentando lhe explicar a relação da equação de Euler com o som. Cassilda não sabia, mas para formular sua teoria de previsão dos números primos, o matemático utilizara todos os relatos e estudos que ela escrevera em cartas para ele. Euclides nunca teve a oportunidade de dizer isso a ela.

O matemático também nunca desconfiara de que o que provocou toda a loucura que se seguiria nos dias posteriores, foi a conversa que Cassilda escutou de alguns professores com Random:

– Sim, estou falando daquela tonta que nos interrompeu de maneira rude durante o debate na palestra de Euclides nesta manhã.

Cassilda reconheceu a voz do noivo de Penina, por isso parou no degrau seguinte. Ela sabia que falavam dela. Ficou no alto da escada escutando tudo.

Random apenas desabafava. Os comentários ácidos, porém, foram brotando sem que ele pudesse controlar a língua de seus companheiros.

– Ela é até bonitinha – disse outra voz, em tom pejorativo.

– Se mantivessem suas caudas escondidas, se passariam por humanas – disse outro.

– Eu jamais me casaria com uma aqueônia – respondeu de volta Random.

O problema é que Random desabafava com as pessoas erradas. Se fosse com Euclides, certamente, Cassilda não teria ouvido nada daquilo. E também não passaria a pensar que todos os homens são iguais. Pois foi o que pensou. E começou a achar que, por ser aqueônia, não seria aceita pelo matemático.

Cassilda escutou toda a conversa e desejou morrer.

Se seu coração fosse como o de Emily, mesmo escutando aquelas tolices, essa história teria tomado um rumo todo diferente, mas não. Quem escutou as imbecilidades e tolices dos amigos de Random foi Cassilda Carter, por isso as coisas saíram do controle, e a tragédia aconteceu.

Emily não entendeu por que a amiga desistira de ir ao coquetel de boas-vindas dirigido aos estagiários, professores interinos e demais novatos da universidade.

Na manhã seguinte, Cassilda também desapareceu sem dar notícias. Sequer retornou ao hotel para buscar seus livros.

No mesmo dia, à tarde, saiu cedo da reunião com os diretores e também não deu satisfação à amiga de quarto sobre seu paradeiro.

A chama da vela queimava frouxa na mesinha central da sala, quando a porta do quarto do hotel se abriu e Emily escutou os passos lentos de Cassilda. Era tarde da noite e a escuridão ajudou Emily a continuar deitada. Pensou, inclusive, em fingir que dormia. Contudo, precisava conversar com a amiga, saber o que acontecia, por que ela estava agindo de maneira tão estranha.

Cassilda não falava mais sobre suas teorias e descobertas, não citava mais o nome de Euler nem mesmo o de Euclides.

O som dos passos cessou. Emily sabia que, se abrisse os olhos, veria o vulto de Cassilda em sua frente. O silêncio pareceu denunciar que era aquilo mesmo que Cassilda queria, que Emily abrisse os olhos na escuridão.

– Eu sei que você está acordada, Emy.

– Precisamos conversar, Cassy.

O diálogo prosseguiu em meio às trevas.

– Eu não conseguiria dormir em paz sem ter notícias suas.

– Eu estou bem, Emy.

– Somos amigas, Cassy. Você não precisa mentir para mim.

– Somos linguistas, não é… Nós deciframos discursos e suas entrelinhas, certo?

– Sim, Cassy. Mas muito mais que linguistas, somos amigas, temos uma linguagem só nossa, lembra? – Emily pensou antes de continuar. – Somos aqueônias em uma nova região do reino, em uma cidade grande e desconhecida, precisamos uma da outra, precisamos ficar unidas.

– Obrigada, Emy. Obrigada por sua amizade. Você está certa. Vamos vencê-los.

Emily achou estranho ouvir aquilo.

– Não se trata de vencê-los, Cassy. Precisamos vencer nossa imaturidade e compreender nosso papel nessa nova realidade. Eu sei o que você sente por Euclides e sei que ele sentirá o mesmo por você, quando souber a pessoa maravilhosa que você é.

– Claro. Ele vai me amar, eu sei. Eu estou disposta a fazer de tudo para que ele me ame, Emy. Tudo.

Cassilda riscou um fósforo para acender a vela que se encontrava na mesa de cabeceira entre as camas. A explosão luminosa clareou-lhe os contornos do rosto, momentaneamente, porque ela afastou a mão, levando-a até o pavio incrustado no pedaço de cera logo abaixo.

Emily pensou ter visto um fantasma. Esfregou os olhos e inclinou o tronco para a frente, a fim de certificar-se melhor se era realmente Cassilda quem estava no quarto.

– Cassy?

A mão de Cassilda começou a erguer lentamente o castiçal. Os cantos do aposento começaram a clarear. As sombras no rosto da aqueônia em pé, na frente da cama, começaram a fugir para baixo e a sensação de medo no coração de Emily alcançou o pico.

O horror se manifestou emoldurado por penumbras e tons escuros. Emily não reconheceu quem estava com ela no quarto.

– Cassy, é você? Cassy, o que aconteceu?

Cassilda levou a outra mão ao cabelo acariciando e enrolando alguns cachos. A tonalidade preta dera lugar à cor vermelha. O comprimento do cabelo agora não chegava a tocar os ombros da aqueônia. Cassilda estava irreconhecível.

– Tomei uma grande decisão em minha vida, Emy.

Emily sentiu náuseas e asfixia. O incômodo gélido que lhe percorreu o estômago piorou quando a amiga lhe pediu que segurasse a vela para lhe mostrar algo mais.

A luz parecia absorvida pela inconcebível imagem que se descortinou.

Cassilda virou-se de costas e mostrou que havia apenas um coto na base do corpo, de onde deveria sair a cauda.

Emily desejou que aquele momento fosse parte de um sonho ruim, mas com certeza, estava acordada. Era real. Nem no mais insano pesadelo algo semelhante fora visto por algum aqueônio: Cassilda cortara a própria cauda. Ao que tudo indicava, fizera isso achando que assim agradaria a pessoa que amava.

– Eu a arranquei... – o sussurro de Cassilda chegou aos ouvidos de Emily como um som demoníaco e indigno na escuridão.

# A LOUCURA

Euclides nunca amou Cassilda e ela descobriu isso da pior maneira.

Se no primeiro encontro, após a palestra, ele a achou interessante, o que aconteceu ao vê-la repentinamente com o cabelo curto vermelho cacheado, e ela também sem cauda, beirou o desprezo.

Todos em Corema, principalmente na universidade, comentavam sobre a aqueônia que se autoflagelou, que se mutilou.

Cassilda odiava ouvir aquilo e, no início, se justificava dizendo que o fizera por amor.

– Você deveria ter se amado primeiro – ouviu certa vez de Emily.

Embora não tenha gostado do que escutara, Cassilda sabia que sua amiga estava certa, por isso lhe fora tão dura ao falar a verdade. Porém, seu gênio indomável a tornou arrogante. Cassilda jamais daria o braço a torcer. Sempre reforçava em seus discursos o fato de que se sentia muito bem com a mudança que promovera.

Emily sabia, melhor que ninguém, que a amiga mentia. Os dois primeiros meses que passaram juntas em Corema não haviam sido tranquilos.

Discussões, choros e sinceros pedidos de desculpas aconteceram com frequência no quarto de hotel.

No terceiro mês após a mutilação, Cassilda percebeu os olhares afetuosos de Euclides em relação a Emily, e descobriu também os sentimentos que o matemático nutrira, antes, por Penina.

"Por que ele não olha para mim? Por que já desejou Penina, se aproxima de Emily e me evita?" Indagava, consumindo-se em dor.

– Nós trocamos olhares naquele dia da palestra, Emy. Ele se mostrou empolgado com as poucas palavras que lhe disse sobre a teoria matemática do som.

"Talvez ele tenha gostado da Cassilda que você era. E eu também preferia a outra, a natural, a original. Por que você fez isso, Cassy? Por que pensou que, transformando-se no que você não é, ele te amaria mais?"

Emily tinha várias indagações, pois não sabia que Cassilda se sentira humilhada ao ouvir a conversa de Random com seus amigos. Contudo, nunca teve coragem de perguntar à amiga, porque esta demonstrava viver um inferno e não aceitava que tomara uma decisão errada.

– Ele não gosta de você, Emy – Cassilda começou a repetir, quando percebeu que os gracejos do matemático em relação à Emily aumentavam. – Está apenas tentando esquecer Penina.

– Pare de se preocupar com Euclides. E pare de relacioná-lo a mim. Somos apenas amigos. Eu vim para a capital para estudar e trabalhar, Cassy. Não quero perder o foco dos objetivos que tracei.

Emily mentia. Era quase impossível não se apaixonar por Euclides. Ele era charmoso, educado, muito inteligente, além de demonstrar ser gentil e cavalheiro.

Nos dias que se seguiram, incidentes bizarros começaram a ocorrer na universidade.

– Cassy, pare, por favor!

– Eu não fiz nada, Emy...

– Você induziu os alunos a atacarem Random.

– Não seja tola. Eu não estava lá no momento da agressão.

– Mas eu sei que foi você, com o toque do seu anel.

Emily sabia que Cassilda se aprofundava em sua teoria do som e a cada dia conseguia manipular ainda mais o comportamento humano apenas com um sinal sonoro, seguido de uma ordem.

Não podemos dizer que as coisas começaram a sair do controle, porque isso já havia acontecido no primeiro dia em que as aqueônias pisaram em Corema.

\* \* \*

Emily não denunciou a amiga, mas nas entrelinhas, em uma conversa com Penina, avisou-lhe que a vida de Random corria perigo por causa de Cassilda.

– Você é muito esperta, Emily. E, acima de tudo, muito fiel às suas amizades.

A aqueônia apenas sorriu para a noiva de Random. Percebeu que Penina entendera o recado e fora compreensiva.

– Eu sinto muito por Cassilda.

– Eu também. Ela é minha melhor amiga. Crescemos juntas, passamos por tantas coisas juntas, tivemos tantos sonhos juntas...

– Mas a vida nem sempre é justa, minha querida – a voz de Penina era doce e melódica, como se ela recitasse um poema ao falar. – Dizem que viver é semelhante a abrir uma caixinha de surpresa por dia.

– Menos para Euclides – riu Emily. – Ele deseja desvendar o futuro.

– Que graça tem isso?

Emily ficou pensativa.

– A imprevisibilidade é a engrenagem que move a vida. Sem ela, não há naturalidade, não há espontaneidade. Tudo se tornaria mecânico, programado, esperado, se pudéssemos saber o que vai acontecer. E nosso sofrimento seria maior caso não pudéssemos alterar o futuro.

– Talvez haja uma razão para ele querer tanto.

– Quanto a isso você tem razão, minha querida Emy.

Quando Penina chamou Emily daquela maneira, a aqueônia descobriu que tinha conquistado uma nova amiga. Emily gostou.

– Por que Random, Penina?

Elas se olharam com cumplicidade e perceberam que já nutriam afinidade uma para com a outra, ao ponto de poderem falar de assuntos tão íntimos.

– Por que Random e não Euclides? – repetiu a aqueônia.

– Não deixe que as aparências a enganem, Emily. Random não é um homem ruim. Ele possui defeitos como todos nós. Vocês só tiveram a má sorte de o conhecerem em um mau momento.

– Compreendo...

A conversa ocorria em uma pequena sala da ala leste da universidade, no terceiro andar. Era uma tarde ociosa de sexta-feira e os alunos já haviam ido embora.

O crepúsculo anunciava o início da noite. Havia silêncio e paz.

Euclides chegou antes de Random. A sala ficou ainda menor, quando ele entrou.

– O que ela faz aqui?

– Eu a convidei – respondeu Penina.

O matemático lançou um sorriso para a aqueônia.

– Vamos aguardar a chegada de Random.

Euclides assentiu. Emily sentiu-se constrangida e, ao mesmo tempo, curiosa. Não sabia que haveria uma reunião.

– Estão sabendo das últimas notícias?

As mulheres responderam que não, deixando Euclides prosseguir.

– Os gigantes declararam guerra aos anões alados.

– Por Mou! – exclamou Penina. – Impossível.

– Eles ocupam as mesmas terras no alto das montanhas – acrescentou Emily.

Euclides franziu uma sobrancelha, indicando que aquilo era um sério problema.

– Parece que um anão alado matou a filha do rei gigante.

– Que terrível! – Penina ficou assustada.

– O que nosso rei fará a respeito? – perguntou Emily, curiosa.

– Nada!

Penina e a aqueônia lamentaram.

– O governante-mor do reino não se preocupa em unir os povos. Vejam, por exemplo, os ataques que os *surfins* estão promovendo no litoral leste de Enigma. A qualquer momento, eles conseguirão invadir nossas terras. Falta ao nosso exército uma liderança forte e muita disciplina. Agora isso: uma desavença grave entre povos que eram amigos.

A porta da sala se abriu abruptamente e Random surgiu apressado.

– Desculpem-me o atraso – disse, colocando sua bolsa sobre uma estante abarrotada de livros técnicos. – Já estão sabendo das notícias?

– Sobre os gigantes? Estávamos falando sobre isso – riu Penina.

– Eu não riria, se fosse você – repreendeu Random.

– Não estou rindo do assunto em si – justificou-se a mulher. – Estou rindo de você.

— Os gigantes são nossa melhor defesa contra os ataques do império de Ignor, além daquela altíssima cordilheira que nos separa dele. Ela dificulta tudo para ele e facilita nossa proteção.

— Os gigantes não deixarão de nos apoiar. Temos uma boa convivência com eles — disse Emily, referindo-se ao povo aqueônio. — Eu mesma já conheci vários. Eles são gentis, dificilmente se tornariam amigos de seres do mal.

— Até a semana passada, garota, ninguém diria que gigantes e anões alados se tornariam inimigos, visto o apreço e amizade que existiam entre eles. Não duvide de nada nesta vida. O futuro de duas pessoas que se amam hoje pode ser mais sombrio do que qualquer um seja capaz de imaginar. As trevas se alimentam da dor de um coração partido e, por causa disso, são capazes de executar horrores.

Emily, não acreditou que ouviu Random falar daquela forma. Ele condenara o discurso de Euclides na palestra do auditório, meses atrás, pelo fato de o matemático não ter sido científico o bastante. E agora ele próprio falava de forma poética e abstrata, em relação a uma situação tão concreta.

— Você andou lendo alguns poemas de Penina? — caçoou Emily. — Pensei que não acreditasse em nada que não fosse ciência.

— Eu não sei aonde pretende chegar com este comentário, Emily — ele prosseguiu, olhando para sua noiva e para o matemático. — Aliás, o que ela faz aqui?

— Eu a convidei.

— Penina, isso não é assunto para *crianças*.

— Não a trate dessa maneira, Random — defendeu Euclides.

Os dois professores se encararam em pé, de frente um para o outro. Random riu sarcasticamente. Teve vontade de perguntar se Euclides se apaixonara pela aqueônia. Ao invés disso, passou pelo matemático, como se ele fosse uma coluna de sustentação no meio da sala, e acomodou-se na cadeira atrás dele.

– Acredito que já resolvemos nossos problemas. Temos novos interesses agora, não é mesmo?

Havia sinceridade e ironia na voz de Random. Ele se referia ao fato de Euclides se ver interessado no amor de Emily e não mais no de sua noiva.

– Então, rapazes, que tal começarmos a nos comportar como adultos? – aconselhou Penina.

– Sim, temos coisas muito mais importantes para resolver – concordou Random.

– Do que se trata tudo isso? Do que se trata esta reunião?

Emily acreditava que seria promovida de estagiária à professora suplente. Não fazia ideia do que ouviria a seguir.

– Trata-se de salvar o reino.

A aqueônia olhou para Euclides, cheia de vontade de rir.

– Tá! Mas eu falo sério.

– Ele também, Emy.

– Não sabemos o tempo exato em que as coisas acontecerão, mas é certo que todas as forças do mal, nossos inimigos, se unirão para destruir o reino de Enigma.

– Do que vocês estão falando?

Random continuou:

– Nosso queridinho professor de matemática é um sonhador. Literalmente um sonhador. Ele disse lembrar-se de visões do futuro em seus sonhos noturnos – riu. – Ele viu um fim trágico para nosso reino.

– Se você acredita nisso, por que está rindo?

– Estou rindo de minha desgraça, Emily. Sempre que Euclides dá o exemplo de uma pessoa que sonha com o atropelamento de sua cadela e, no dia seguinte, a cachorra morre atropelada, ele está, na verdade, contando uma situação que aconteceu comigo. Eu precisei sofrer uma perda para acreditar nessas coisas de visões e sonhos.

– Por causa de sua postura rude e suas palavras, cheguei a pensar que não acreditasse mesmo.

– Quando uma pessoa diz não acreditar em algo, pode ser que ela esteja apenas tentando se convencer – respondeu Penina, como que se referindo ao seu noivo.

– Vários sonhos e visões noturnas sucederam – continuou Euclides. – Até eu receber em sonho, de um anjo, as instruções para construir isso.

Random balançou a cabeça negativamente, quando escutou o professor falar em anjos. Euclides pegou no bolso um pequeno saco e derramou ali cinco dados com cores e números de lados diferentes.

Emily ficou encantada com os objetos. Eles eram lindos e brilhantes.

– Para que servem? – perguntou a aqueônia, deslumbrada.

– Para prever o futuro – respondeu Euclides.

– Você salvará Enigma com estes objetos? – Emily riu. – Me desculpe.

– Não devíamos tê-la trazido para esta reunião.

– Cale-se, Random – interveio Penina.

– Na semana em que você chegou à capital, um dia após minha palestra, eu sonhei que os gigantes e os anões alados se tornariam grandes inimigos.

– Eu pensei que fossem os *dados* que serviriam para prever o futuro.

– Sonhos também servem como canais para outros universos, Emily. Você nunca sonhou com algo antes de acontecer? E por meio deles eu soube que precisava criar estes dados.

– Sabemos que uma grande batalha será travada em nosso reino. Talvez não lutemos. Talvez, por isso a necessidade de se criar um objeto que sobreviveria ao tempo e chegaria às mãos da pessoa que lutará por nós.

– Penina, são apenas especulações – advertiu Random.

– Fale para ela sobre os Objetos Trevosos, Euclides.

– Em meus sonhos, não éramos apenas nós que conseguíamos um artefato mágico para a batalha. Nossos inimigos também haviam recebido auxílio de seres malignos para construírem objetos do mal.

Emily pensou em Cassilda, no pingente do colar e no anel. Até aquele momento, Emily enxergava os objetos de sua amiga simplesmente como "ciência".

– A guerra já começou, Emily. Em algum lugar deste reino, o mal vem fazendo morada no coração de pessoas tolas e usando-as segundo propósitos vis, para que tais artefatos sejam criados, assim como estes poderosos objetos de Euclides.

O matemático recolheu os dados, guardando-os no bolso.

A história dos objetos parecia surreal. A única coisa que fez Emily acreditar que os professores não eram loucos foi a lembrança da teoria do som desenvolvida por Cassilda e do poder mágico do anel dela, quando tocado.

Random riscou um fósforo e acendeu três castiçais dispostos equidistantes nas paredes da sala. A escuridão já era real, a noite chegara.

O cheiro de pólvora queimada encheu a sala.

Algo soava errado.

Ouviram um ruído estranho vindo do corredor. Mas não sabiam o que era, pois a porta da sala mantinha-se fechada.

O cheiro persistiu e aumentou.

Penina foi a primeira a raciocinar que o pequeno fósforo aceso por seu noivo seria incapaz de produzir tanto odor quando riscado.

Imediatamente, ela abriu a porta e, para seu espanto, deu de cara com chamas enormes que lhe barravam o caminho. O rosto de Jeferson, um conhecido aluno de Random, estava por detrás das chamas. Era o incendiário.

Jeferson parecia em transe, pois seus olhos não se mexiam e ele mesmo quase se queimava.

Por instinto, Emily esticou sua cauda e, com ela, fechou rapidamente a porta, impedindo que Penina caísse em meio às labaredas. Um golpe de ar quente inundou a sala, quase os asfixiando.

Tomado pelo desespero, Euclides abriu a janela e um vento gélido sacolejou seus cabelos. Era congelante, mas não se dispunha a enfrentar o fogo. Sendo assim, saltou para fora, agarrando-se ao parapeito.

– Estamos no terceiro andar – advertiu Penina.

– Não temos outra saída – gritou o matemático.

Quando Euclides disse isso, Random abriu novamente a porta do cômodo para certificar-se de que não conseguiriam passar através das chamas. A maçaneta estava fervendo, e ele não pôde fechá-la novamente. Com isso, a situação piorou, pois agora a porta não lhes protegia mais, e o fogo se adentrava furiosamente, conduzido pela corrente de ar que se formou.

– Foi Cassilda – sussurrou Emily. – Ela controlou a mente do garoto para que ele fizesse isso.

Euclides apoiava a ponta dos pés no rodapé externo do prédio, que ficava alinhado com o piso da sala.

– Venham! – gritou.

– Emily, dê a mão para Euclides – orientou Random.

Ela não pensou duas vezes, jogou-se para fora, e caminhou passo a passo até o professor.

Em seguida, Penina e, por fim, Random.

Cautelosos, eles se movimentaram, grudados com as costas na parede externa do prédio, até a janela vizinha. Estava trancada. Penina chegou a pisar em falso, mas Emily usou sua cauda para lhe servir de apoio, evitando-lhe a queda mortal.

As chamas alcançaram a janela da sala e, furiosas, surgiam e desapareciam do batente, como línguas demoníacas a provar o ar noturno. Por pouco, elas teriam feito quatro cadáveres.

Quando, finalmente, os professores e a estagiária aqueônia encontraram uma janela aberta, jogaram-se para dentro, eufóricos, e puderam respirar com tranquilidade e alívio.

Random e Euclides queriam denunciar Jeferson pela tentativa de assassinato. Penina os convenceu a não falarem que viram o estudante no corredor, através das chamas. Com muita relutância, eles concordaram, porque ainda não sabiam do poder do Objeto Trevoso de Cassilda.

Um mês depois do incidente na universidade, a aqueônia, amiga de Emily, perdia sua vaga de estágio. Deram-lhe explicações evasivas sobre o motivo pelo qual ela deveria retornar à sua terra natal. Mas Cassilda sabia que Random, Penina, Euclides e até mesmo Emily estavam por trás da transferência.

– Eu sinto muito, Cassy.

– Por que, Emily? Você tem alguma culpa nisso?

Elas se olharam em um silêncio constrangedor.

O cocheiro ajeitava as malas de Cassilda na charrete.

– Você sempre será minha amiga, Cassy.

Os três professores acompanhavam a despedida, escondidos do alto de uma janela.

– Sim, Emy. Eu serei. Mas, e você?

Não houve resposta.

Cassilda tocou com a mão direita o pingente em seu colar. Parecia querer usá-lo. Baixou a cabeça, mas não derramou lágrimas. Seus cabelos, agora tocando os ombros, não tão longos como eram quando chegou à capital, dividiam-se entre a cor preta natural da parte lisa, vinda da raiz, com o vermelho das pontas cacheadas.

A aqueônia virou-se para subir na charrete. O coração de Emily se rasgou ao ver o volume do coto debaixo da saia da amiga. Os cavalos relincharam tranquilos, sem imaginar a longa jornada que fariam passando por Enigma a fim de chegarem à Terra Aqueônia.

Os pensamentos de Emily moviam-se em círculo. Ela percebeu que muitas viagens deveriam ser evitadas, era o caso da primeira visita de Cassilda à Corema; assim também como muitas paixões, porque viagens e paixões sempre provocavam mudanças. E nem todas as mudanças necessariamente são boas.

Emily temeu o que Cassilda seria capaz de promover com o poder que tinha em mãos, ao tocar com o pingente em seu anel.

Se tais objetos, um dia, fossem usados para o mal, os sonhos de Euclides estariam corretos e o reino de Enigma precisaria de uma força oponente à altura. E, com esse raciocínio, Emily estudou todas as cartas que Cassilda havia enviado ao professor. Ela buscava compreender como sua amiga conseguira manipular o comportamento das pessoas.

No entanto, Emily não seguiu o mesmo caminho de Cassilda. Ao invés de usar o som, seguiu o que mais conhecia e amava na vida: o poder das palavras. Esse foi o motivo pelo qual a Pena de Emily foi criada.

# PARTE II

# FINALMENTE, COREMA

A cauda de Pedro Theodor se enroscava tão apertada debaixo da camisa, que, dificilmente, alguém o reconheceria como sendo um aqueônio.

A Pena de Emily brilhava, espetada em seu chapéu. Ela lhe dava o poder de fazer com que todos obedecessem a sua ordem e, nos últimos dias, o garoto descobrira que também era capaz de ler os pensamentos de uma pessoa, apenas olhando no fundo de seus olhos. Mas poder algum aliviava a dor em seu coração.

Huna estava morta e Aurora, a fada a quem Pedro tanto amava, o abandonara.

Arnie, o gigante bondoso, também sentia o coração partido, principalmente por causa da tristeza de Pedro, seu amigo. Eles caminhavam devagar, lado a lado, pela estrada de terra.

Os Braceletes de Ischa nos pulsos do gigante escondiam-se debaixo da manga longa de sua blusa. Praticamente imperceptíveis, como a cauda do aqueônio.

Gail montava um cavalo.

A menina não ousava encarar Pedro. A imagem de Aurora partindo, por sobre as nuvens, abandonando seu amado, ainda lhe martelava a cabeça. Talvez mais do que o terrível e inesperado momento em que presenciou Huna ser morta pelo *goblin*.

No segundo cavalo, Le Goff cavalgava como um príncipe: peito entufado, cabeça erguida e olhar fixo no horizonte à frente. Uma vez ou outra, ele retirava da bolsa o Pergaminho do Mar Morto. Pedro, Arnie e Gail sabiam que o anão alado utilizava seu Objeto de Poder para fazer incursões ao passado. No entanto, não conseguiam imaginar o que ele investigava.

Bátor liderava o grupo.

Isaac caminhava ao lado do cavalo montado pelo paladino. O matemático possuía os Dados de Euclides, que lhe conferiam o poder de prever o futuro. A tristeza, contudo, não lhe permitia utilizá-los naquela hora, mesmo com tantas dúvidas pululando em sua mente. Para onde teria ido Aurora? Algum perigo os aguardava antes de chegar à capital do reino?

Isaac queria muito descansar. O garoto estava entediado. A caminhada para Corema parecia um cortejo fúnebre.

Desanimados, atravessaram a silenciosa estrada por cinco quilômetros desde a saída do Pântano Obscuro, até se verem abordados por um grupo enviado pela rainha Owl.

– Quanto tempo, Capitão! Recebemos o aviso por meio do alado, Bernie, e fomos enviados para lhes dar boas-vindas – disse o soldado que liderava a comitiva.

Os dois grupos pararam de frente um para o outro. O sol da tarde ainda se mostrava vigoroso e o silêncio foi quebrado por inúmeras conversas paralelas.

Pedro, assim como Isaac, recebeu um cavalo para montar.

Gail reconheceu os amigos de seu pai e puxou conversa com um deles, agradecendo a recepção.

Um soldado se aproximou de Arnie e se explicou:

– Bernie nos disse que você não precisaria de montaria.

O gigante assentiu e percebeu que os integrantes da comitiva da rainha não faziam ideia de seu superpoder. Com seus braceletes de força, ele seria capaz de correr quilômetros sem se fatigar.

Detrás da cavalaria surgiu uma figura peculiar. Uma mulher de baixa estatura montada em um pônei. Isaac, Arnie, Pedro e Le Goff ficaram surpresos.

Fitando um a um, ela os identificou.

– O gigante, Arnie. O aquêonio, Pedro. Você deve ser Isaac, o matemático. E você, meu queridinho – todos arregalaram os olhos ao ouvir o tratamento que direcionou ao anão albino. – Você, meu queridinho, Le Goff, não mudou nadinha!

– Quem é você? – perguntou Isaac.

– Lisa, a bibliotecária real!

A resposta veio da boca de Gail.

– Você veio nos receber? Que bom vê-la aqui – completou a garota.

– Lisa...? – resmungou Le Goff, baixinho, perplexo.

– Você a conhece, Le? – perguntou Arnie.

O albino respondeu com uma pergunta para a anã. Uma pergunta feita com grosseria.

– O que você faz por aqui, Lisa?

Pedro ignorava a conversa. Para o aqueônio, não fazia diferença quem estivesse naquele lugar. Todos os seus pensamentos concentravam-se em Aurora.

– Você é uma anã ala...

Antes que Isaac perguntasse se Lisa também era alada, asas enormes surgiram das costas da bibliotecária.

Ela saltou de seu pequeno cavalo e voou.

– Quando me disseram que você fazia parte do grupo que chegava à Corema, eu não acreditei. Depois, prontamente, me dispus a vir recebê-lo com os soldados da rainha.

Arnie se alegrou ao ouvir aquilo. Pela primeira vez ele conhecia alguém que, além dele próprio, demonstrava gostar realmente de seu amigo, Le Goff.

Isaac percebeu que o anão ficara desconcertado.

– Você voa. Por que veio em um pônei? – perguntou, curioso, o gigante.

– Ora, grandalhão, eu ouvi que precisavam de cavalos. Eu não poderia deixar meu Lili percorrer todo este trajeto a pé.

"Lili"?

Todos acharam engraçado a forma íntima como Lisa se referiu a Le Goff, mas não riram. Então, ela completou:

– O anão alado com a memória mais poderosa dos últimos tempos nas Terras Altaneiras. Por Mou, vocês sabiam que estudamos juntos durante quinze anos? – indagou, com um sorriso cativante, que beirava a paixão.

De maneira discreta, Lisa piscou um olho para Le Goff, fez beicinho e mandou-lhe um beijo.

Arnie e Pedro flagraram a cena e seguraram para não rir.

– Estou confortável aqui, Lisa.

O tom de contrariedade na voz do anão chamou a atenção de Pedro. Estava claro que a bibliotecária assustava Le Goff.

O aqueônio voltou-se para Lisa e aguardou o momento em que seus olhos se cruzaram. Uma miscelânea de pensamentos rondava a mente da anã. Pensamentos de amor pelo albino.

Pedro surpreendeu a todos ao entrar na conversa, porque desde a partida de Aurora ele se mantivera em silêncio.

– Não faça tamanha desfeita, Le Goff. Ela trouxe o cavalinho para você. Monte-o.

Nesse instante, os olhos de ambos se encontraram e Pedro descobriu, lendo a mente do anão, que Lisa nutria uma antiga paixão pelo alado, desde que estudaram juntos. Viu também que Le Goff a evitava.

Pedro sabia que as asas do anão eram atrofiadas e que ele não poderia voar; suspeitava ainda que cavalgar um pônei seria uma afronta para Le Goff. Por isso fez questão de implicar com o pequeno.

O alado não teve tempo de retrucar o aqueônio. Lisa voou até o cavalo onde Le Goff se encontrava e se assentou atrás do anão, grudando seu corpo ao dele e laçando-o com os braços.

– Não tem problema. Eu te ajudo com essa montaria maior. Mas já vou dizendo: anões não foram feitos para montar animais grandes. Todos conhecemos a história de Eusébio e o que aconteceu com ele quando inventou de montar um artiodátilo. Por sorte não morreu. Ah, Lili, pelo que vejo, você não mudou nadinha. A mesma vaidade de sempre. Quando vai aprender? Você não deixa de ser um alado só porque não pode voar. Afinal, você tem asas, meu querido. Precisa aceitar também que não é do Povo Grande. E mesmo que você se ofenda em ser tratado como um anão aríete...

A comitiva começou a se mover novamente. Agora rumo à capital.

As palavras de Lisa saíam atropeladas de sua boca. Ficou claro para todos que ela gostava muito de falar, que não tinha papas na língua, e que gostava muito de Le Goff.

O albino permaneceu calado sobre sua montaria, abraçado pela bibliotecária, logo atrás de Pedro, que cavalgava ao lado de Arnie. Alguns soldados montados seguiam à frente e outros atrás do grupo, fazendo a escolta.

Prosseguiam em marcha lenta.

Gail e Isaac, cada um em seu animal, cavalgavam próximos de Bátor, que dava orientações em relação à longa estadia que o garoto faria em Corema.

Os demais seguiam o trote calados.

Já passara do meio-dia e o sol começava a esticar as sombras no solo poeirento.

A vegetação da bela floresta que os acompanhava à direita da estrada começou a surgir também à esquerda, como se os cavaleiros entrassem por completo no meio dela.

As paisagens acinzentadas e agourentas do Pântano Obscuro começavam a ser esquecidas, enquanto um cenário colorido em tons esverdeados os envolvia cada vez mais.

Os morros que cercavam a capital surgiram no horizonte e, nesse exato momento, Le Goff sacudiu as rédeas de seu cavalo, fazendo-o ultrapassar os demais. Lisa se agarrou com mais força ao anão, gostando do sacolejo do trote.

Isaac e Gail conversavam com Bátor.

Então, aproveitando a distração de todos, Pedro protagonizou o plano que vinha arquitetando desde o encontro com os soldados da rainha.

– Tome a pena, Arnie.

O gigante ficou confuso, quando o aqueônio lhe estendeu a mão, ordenando-o a pegar seu Objeto de Poder.

– Vamos, segure a Pena de Emily – insistiu Pedro.

O colosso recolheu o Objeto e, imediatamente, sentiu uma energia percorrer-lhe o corpo. O que Pedro pretendia com aquilo?

Os dois mantiveram a marcha. Pedro em seu cavalo e Arnie a pé. Lado a lado.

"Você está me ouvindo?"

Um tempo depois, na quarta vez em que eles se entreolharam, após o gigante receber a pena do aqueônio, Arnie teve a sensação de escutar a voz de Pedro.

"Arnie, você pode me ouvir?"

– Você disse alguma coisa, Pedro? – perguntou o gigante, mas não obteve resposta.

E então Arnie começou a desconfiar que um dos poderes da Pena de Emily era o de ler os pensamentos das pessoas. A confirmação do fato veio quando ele escutou novamente a voz do aqueônio, sem que este precisasse abrir a boca.

"Olhe nos meus olhos e você será capaz de me escutar sem que ninguém saiba. Compreende?"

Bastante surpreso e bem devagar, Arnie balançou a cabeça de modo afirmativo.

Pedro percebeu que o gigante ainda estava confuso, sem entender qual a intenção por trás de tudo aquilo.

"Prometa-me que não vai falar a ninguém sobre essa nossa conversa."

Outra vez o gigante moveu a cabeça dizendo "sim". Arnie estava surpreso.

Pedro olhava para frente e se manteve assim por um bom tempo, antes de retomar a comunicação com o amigo por meio do olhar. Qual a intenção em disfarçar tão bem o fato de que trocavam informações? Pedro se explicou com prontidão.

"Mesmo que conversássemos baixinho, sem que ninguém nos escutasse, o anão poderia retornar no tempo e ouvir toda a nossa conversa. O que tenho a tratar com você precisa ser mantido em segredo."

Tudo, imediatamente, passou a fazer sentido para o colosso. E ele quase deixou escapar algumas palavras de sua boca, pois ficou extremamente curioso para saber o que Pedro tinha de tão secreto para lhe falar.

"Antes de mais nada, eu preciso saber se você está comigo, Arnie."

O aqueônio percebeu que, desta vez, a resposta demorou a vir.

"Eu sei que nos conhecemos há pouco tempo. Mas tempo é o que não tenho para provar a você que podemos ser grandes amigos. Eu preciso muito de sua ajuda."

O gigante desviou o olhar do de Pedro e caminhou um bom tempo olhando para frente. Muitas recordações o assaltaram. A maioria relacionadas ao dia em que ele conheceu Le Goff na subida musguenta e cheia de liquens nas montanhas.

Naquela ocasião, o anão lhe dirigira palavras afáveis sobre amizade, conquistando sua confiança. E o sentimento no coração do gigante fora o que ele sentira novamente naquele instante, minutos antes de adentrar os portões da capital do reino.

Um mero observador diria que a história estava prestes a se repetir, mudando-se apenas um personagem. Entretanto, existia um abismo de diferenças que apenas ao olhar mais cauteloso poderia ser percebido. E esse abismo encontrava-se na maneira como Pedro conduzia a conversa e em seus propósitos.

"Toque a crina de meu cavalo, se você estiver disposto a me ajudar."

Assim que o gigante escutou o pensamento do aqueônio, tocou a crina do cavalo. O animal relinchou, chamando a atenção de todos.

Le Goff olhou para trás e, como sempre, duvidando de sua própria sombra, estranhou a aproximação entre o gigante e Pedro. Mas, antes que seu olhar demorasse na mira dos dois, o anão encontrou os olhos de Lisa, encarando-o com um sorriso, e então, arrumou-se novamente sobre sua montaria.

"Eu preciso descobrir onde está Aurora."

A revelação de Pedro não foi uma grande surpresa para Arnie. Ele começava a desconfiar das intenções do aqueônio e de seu silêncio.

Os muros de Corema ficavam cada vez mais altos, à medida que eles se aproximavam. Os portões foram abertos bem antes de chegarem a seus limites.

Com exceção de Arnie e Pedro, que mantinham a conversa secreta, todos os demais viajantes que saíram do pântano pela manhã, viam-se fascinados e agradecidos por chegarem, finalmente, à capital.

"O pergaminho de Le Goff é a única maneira que temos de descobrir para onde ela foi."

Arnie estancou ao escutar o pensamento de Pedro.

O grupo prosseguiu sem perceber o atraso do gigante e do aqueônio. Arnie assustara-se com os planos de seu novo amigo.

– Você nunca esteve em Corema? – perguntou Pedro em voz alta, na tentativa de disfarçar a conversa velada que mantinham.

O gigante não respondeu.

"Arnie, você precisa me ajudar com isso. É minha única chance. Por favor!"

– Ei, vocês dois! – gritou Bátor. – Vão ficar aí do lado de fora? Não é bom deixarmos a rainha esperando.

– Estamos encantados com a cidade – tentou se justificar Pedro, mas pareceu estúpido, uma vez que não transmitia encantamento algum em sua postura ou em seu tom de voz.

Não havia muita coisa logo atrás dos muros, apenas mais vegetação e algumas construções toscas erguidas com o intuito de abrigar soldados e artilharia em tempos de guerra.

Isaac, Gail e principalmente Le Goff estranharam a declaração de Pedro, uma vez que ele passara a maior parte da viagem calado e carrancudo. As palavras do aqueônio soaram, de fato, ridículas, quase mentirosas. Todos, contudo, desconsideraram, pois queriam ver Pedro falando o que quisesse.

"Não estou pedindo que você pegue escondido o pergaminho. Oh, não faça isso. Lembre-se de que você libertaria um Lictor e ele o mataria. Arnie, só você conseguiria convencer Le Goff a emprestá-lo."

A conversa secreta continuou assim que todos prosseguiram adentrando os limites de Corema.

"Não posso aceitar que Aurora tenha fugido por causa de mim. Não consigo carregar essa culpa. Eu prefiro crer que ela tenha descoberto algo no grimório de Huna. E isso a fez partir. No pântano, minutos antes de descermos a rampa que dava acesso ao covil dos *goblins,* Huna lhe entregou o grimório. Tente se lembrar da cena, de tudo o que acontecia ali. Eu tenho certeza de ter visto algumas páginas marcadas naquele livro. Certamente Aurora também percebeu, mas só as investigou com cuidado após a morte da mãe. Precisamos saber o que estava escrito no livro sagrado das fadas, que foi capaz de fazê-la ir embora."

O gigante compreendeu o plano de Pedro.

Arnie mostrava-se pensativo. Sua vontade era dizer que Pedro não deveria guardar receios e que conversasse diretamente com Le Goff, ambos como pessoas maduras. O aqueônio e o anão alado precisavam se entender e aquela questão significava boa oportunidade para isto. Arnie sabia que a humildade em pedir ajuda a alguém com quem não nos damos bem abre caminho para que grandes amizades surjam. Mas uma dúvida brutal o assaltou: quem seria mais orgulhoso, Pedro ou Le Goff?

Em seu devaneio, o gigante caminhou pensativo por um tempo. Ele observou uma figura esbelta e alta montada no cavalo à sua frente. Outra pessoa menor, com uma cor de pele tão escura quanto a da primeira, assentava-se atrás, na mesma montaria.

Na verdade, Arnie via Huna e Aurora e, repentinamente, um pensamento sinistro lhe roubou a paz: "Não consigo acreditar que Le Goff morreu de forma tão trágica".

O gigante ficou confuso. Não entendeu o que se passava em sua mente. Quem havia morrido era Huna e não o albino.

Ele pensou que estivesse ficando louco.

– Huna! Huna! – gritou o colosso, aflito.

Todos o fitaram, parando a cavalgada.

Quando o gigante olhou novamente para aquela direção, quem montava o animal eram Le Goff e Lisa.

– O que foi, Arnie? – perguntou Gail.

Bátor retornou em seu cavalo até o gigante.

– Você está bem, grandão? – perguntou o paladino.

– É que eu pensei...

– Todos nós sentimos muito pelo que aconteceu com ela, Arnie – disse Gail, tentando amenizar o conflito mental que percebera tomar conta do colosso. Todos o escutaram gritar o nome da fada. Ele parecia aflito.

– Seja forte, amigo – completou Le Goff.

Arnie o encarou de maneira circunspecta. Uma ideia sombria ainda povoava sua mente: "É o albino que está morto, não a monarca". Arnie não sabia de onde vinha aquela impressão tão vívida, tão sólida como uma certeza inabalável.

A voz dos pensamentos de Pedro o despertou.

"Preciso que você me prometa uma coisa. Aconteça o que acontecer, se você desistir de me ajudar, pelo menos não estrague meus planos. Não me leve a mal, mas com ou sem sua ajuda, não ficarei muito tempo nesta cidade. Prometa-me que não falará com ninguém, Arnie!"

Pedro não se dera conta de que o gigante vivia um grande conflito.

Arnie olhou de novo para a frente, para o grupo.

O horror tomou conta do colosso quando ele, novamente, enxergou Huna e Aurora montadas no lugar onde deveriam estar Le Goff e Lisa. O gigante abafou um grito de agonia e, de modo inconsciente, olhou para a Pena de Emily em suas mãos.

Mesmo sem saber o que acontecia, Arnie estava convicto de que a junção de seus braceletes com o Objeto de Pedro era a responsável por aquelas alucinações.

De maneira insana, ele devolveu a pena para seu amigo e permaneceu ofegante, olhando nos olhos do aqueônio. Agora já não conseguia mais ler seus pensamentos.

Olhou para o cavalo à frente e o que viu foi Le Goff e a bibliotecária, como, de fato, deveria ser. Voltou-se para Pedro, já sabendo seu poder secreto.

"Eu descobrirei para onde foi Aurora. Eu conversarei com o albino por você."

Pedro não conseguiu ler mais nada na mente do gigante, pois ele se afastara, ainda assustado com a estranha e mórbida experiência que o envolvera.

Arnie tinha com uma missão difícil pela frente: fazer com que Le Goff emprestasse o Pergaminho a Pedro. No entanto, o que lhe parecia mais custoso era descobrir o que acontecera em sua mente, quando possuiu os braceletes e a pena ao mesmo tempo. Por que ele enxergara Huna e Aurora naquele lugar? Por que fora assaltado pelo pensamento de que Le Goff estaria morto?

# O CASTELO E A RAINHA

O grupo serpenteou ruas majestosas da cidade, chamando a atenção por onde passavam. Pessoas felizes e receptivas acenavam.

As construções em Corema eram lindas. A arquitetura ostentava a riqueza e prosperidade das pessoas. Passaram por duas praças bem-cuidadas. Uma delas com um jardim suspenso encantador.

Gail estava tão feliz quanto os que visitavam a cidade pela primeira vez.

A procissão prosseguiu até os muros do castelo. O grupo de cavaleiros armados atravessou uma ponte levadiça de madeira pesada sobre um longo fosso atolado, onde olhos sinistros de jacarés com os corpos submersos pairavam como estátuas em um museu.

No pátio frontal do castelo, aqueles que ali chegaram pela primeira vez ficaram embasbacados com o esplendor e a suntuosidade da construção. Os cavaleiros desmontaram e foram se dispersando.

## A Montanha da Loucura

Enquanto aguardavam serem recebidos, Bátor passou algumas informações. A maioria delas sobre ordem e decoro ao utilizarem as dependências do castelo, e também em relação ao trato com os trabalhadores daquele lugar. Havia regras a serem seguidas.

– Sejam todos bem-vindos à Corema – falou um homem careca e com a pele bronzeada, vestindo uma túnica feita com um tecido caro, tingido de tons turquesa. – Eu sou Porcino, o mão direita da rainha Owl, e vim recebê-los.

Arnie sentiu-se muito feliz. Gail observava o semblante alegre de Isaac. Pedro e Le Goff, cada um à sua maneira, perscrutavam as feições e os modos de Porcino, a fim de descobrir se ele seria uma pessoa confiável ou não, pois ele exalava certa arrogância, do tipo que pessoas poderosas e vaidosas demonstram em várias ocasiões.

O mão direita da rainha os olhava com uma superioridade amedrontada. Devia saber que possuíam os Objetos, mas tentava esconder o medo que o fato lhe trazia. Somente Pedro e Le Goff perceberam. O aqueônio leu a mente dele, e o anão, a linguagem corporal.

– Vocês serão guiados até seus aposentos pelos camareiros. O que precisarem, peçam a eles. Embora, como podem ver, as portas e janelas sejam enormes em toda a construção do Smiselno, é daquele lado que ficam os aposentos dos gigantes – disse apontando. – Naquela torre do outro lado, as acomodações dos alados. Aqueônios ocupam a base das torres posteriores e centrais separando os dois lados. Se bem que, pelas notícias que nos chegaram nesses últimos dias, as rivalidades entre os dois povos tiveram um ponto-final – disse referindo-se aos gigantes e anões alados. – Não importa. Não é o caso de fazermos alterações na configuração dos aposentos de cada um dos povos que recebemos aqui.

A forma desinteressada como Porcino referiu-se à paz entre os povos de Enigma colocou uma pulga atrás da orelha dos que o acabavam de conhecer. Se ele ocupava um cargo tão alto na corte, o segundo em poder, perdendo apenas para a própria rainha, como era capaz de tratar a conciliação entre gigantes e alados daquela maneira?

Isaac olhou para Gail e Bátor. O matemático percebeu que seus amigos não prestavam atenção. Eles se distanciavam do grupo para o encontro de uma mulher e uma criança.

Porcino orientava sobre a programação que teriam no restante do dia.

Repentinamente, um animal pulou de um dos muros, e asas enormes se abriram de suas costas. Os novos hóspedes do Castelo de Smiselno ficaram assustados.

– Por Mou! O que este ser repugnante faz aqui? – gritou Le Goff.

Isaac, Arnie e Pedro não sabiam do que se tratava.

– Calma, Lili – acudiu Lisa.

Porcino encarou o albino, envergando uma de suas sobrancelhas como quem tenta intimidar.

– Anão, você não deveria falar dessa maneira em relação a um gato alado – orientou o mão direita da rainha.

– Um gato alado! – encantou-se Isaac ao compreender de que animal se tratava.

O felino não tinha mais do que um metro de comprimento quando mantinha as asas recolhidas. A cor dourada de seu pelo, com listras igualmente negras como suas penas, lhe conferia o aspecto de um tigre.

– Esses animais são uma praga – esbravejou Le Goff. – Eles se reproduzem rápido e indistintamente, além de transmitirem doenças.

– Eles têm nos servido como bons predadores de pombos e roedores. Estes, sim, transmitem muitas doenças incuráveis e se reproduzem fartamente.

O albino não gostou de ouvir a maneira como Porcino defendeu a raça de felinos.

– Para que se preocupar com esses animais, Lili? Eles são ingênuos e costumam ser bons companheiros.

– Lisa, eu não posso acreditar que uma anã alada esteja defendendo a causa de um felino... ALADO? Por Mou! Você só me traz decepção.

Quando o foco da discussão de Le Goff deixou de ser o animal e passou ao relacionamento dele com a bibliotecária, o gato alado aproveitou para se aproximar de Isaac, que o acariciou.

– O pelo dele é delicioso.

Porcino sorriu ao ver Isaac se dando bem com o animal.

Pedro e Arnie não sabiam se assistiam à discussão de Le Goff com Lisa ou se aproximavam também do gato para constatar o que Isaac revelara.

O albino se afastou com a intenção de deixar o grupo.

– Não fuja de mim, Le Goff – ameaçou Lisa.

– Estou me dando ao direito de não ficar próximo daquele animal – respondeu apontando para o gato. – Onde está o camareiro que me levará aos aposentos?

Porcino fingiu não escutar. Lisa foi quem respondeu.

– Eu serei a responsável por cuidar de você no castelo.

Le Goff arregalou os olhos, incrédulos.

– Venha! É por aqui – disse ela conduzindo-o pelo braço.

Porcino se retirou de cena tão rápido quanto Le Goff – e não fez questão de esconder que se tratava de algo que ele queria muito, como se houvesse coisas mais importantes a fazer.

Nesse instante, Gail apresentou o restante de sua família a Isaac.

– Esta é minha mãe, Afânia. E este é meu irmão, Lázaro.

– Ora! Então, vocês conseguiram. Encontraram o garoto! – exclamou a esposa de Bátor, surpresa.

– Muito prazer, sou Isaac – respondeu o matemático, estendendo sua mão.

Diante deles, Isaac sentiu algo bom inundar-lhe o coração. Afânia olhava com amor intenso para Bátor. E Lázaro, que devia ter seus sete anos de idade, após descer do colo do pai, ficou um bom tempo abraçado à irmã.

A distância, Pedro observou a cena e lembrou-se de sua família. Lembrou-se também de Aurora. E, diferente de Isaac, se entristeceu. Ainda assim permaneceu observando-os.

Arnie acompanhava tudo, ao lado do aqueônio.

– Não moramos no castelo, Isaac. Embora eu passe a maior parte do tempo por aqui – explicou Bátor. – Iremos para casa. Mas, hoje à noite, nos encontraremos novamente.

Gail repetiu parte das explicações rápidas que Porcino dera ao grupo.

– Primeiro, teremos um encontro privado com a rainha. Em seguida, o jantar, que será uma verdadeira festa. Prepare-se para comer muito e ouvir grandes canções entoadas por bardos.

Aquilo soou interessante aos ouvidos do garoto. Há dias ele não tinha uma boa refeição, sem os temores de ser atacado ou perseguido por algum tipo de inimigo.

Com os olhos, Isaac acompanhou a família de Bátor seguir até o pórtico sul e desaparecer. O garoto ficou um bom tempo ainda pensando em Gail, e sentiu o coração acelerar.

Ao voltar-se para Pedro e Arnie, ocorreu-lhe algo estranho. Algo pelo qual ele já passara anteriormente e não compreendera, na entrada de Abbuttata, antes de se perder no Pântano Obscuro com Gail.

Isaac parou em frente a Pedro e o encarou. Um pensamento estranho ocorreu ao matemático.

— Você não pode deixar a capital. Não vá atrás de Aurora.

Os pelos da cauda do aqueônio se eriçaram, primeiro de pavor ao escutar Isaac falar aquilo, depois de raiva.

— Traidor! Como você pôde fazer isso tão depressa, Arnie? — disse Pedro, voltando-se com cólera para o gigante.

— Eu não sei sobre o que você está falando — defendeu-se o colosso, confuso.

— Mal chegamos e você já contou a ele.

— Eu não falei nada para ninguém, Pedro.

Isaac também estava confuso. De onde lhe viera o pensamento de que Pedro deixaria Corema para buscar a fada?

O matemático puxou do bolso o alforje com os dados.

Pedro olhou para o pequeno saco. Sabia que ali estava o Objeto de Poder da matemática. Passou a mão na Pena de Emily inserida em seu chapéu e, em seguida, olhou para os braceletes nos punhos do gigante.

— Quando cavalgávamos rumo a capital, sem que precisasse tocar nos Dados de Euclides, eu previ que não chegaríamos aqui naquele dia — justificou-se Isaac. — Não sei explicar direito, mas, quando os dados se aproximam de outros Objetos de Poder, eu passo a ver lances do futuro.

Arnie sentiu-se aliviado com a explicação de Isaac, pois decidira não contar a ninguém o plano de Pedro, mesmo que não concordasse. E, ao que tudo indicava, agora alguém mais o conhecia.

— Pedro, você não deve ir à procura de Aurora.

O aqueônio ignorou o aviso.

— Pedro, onde quer que ela esteja, não vá! Algo de muito ruim vai acontecer com você.

— O grupo o elegeu como líder, Isaac.

As palavras de Pedro atingiram o garoto como projéteis lançados por um inimigo.

O aqueônio continuou:

– Seja responsável o suficiente e aprenda a guardar segredo.

Assim que concluiu seu curto discurso – o que Isaac não compreendeu ser um conselho ou uma ameaça –, Pedro olhou com severidade para Arnie, deu-lhe as costas, caminhou até o camareiro que o aguardava em uma das portas do castelo e seguiu para seu quarto.

Arnie e Isaac ficaram mudos por um tempo.

– Ele precisará de você.

– O que vai acontecer, Isaac?

– Eu não sei. Não me foi revelado. Mas será algo terrível. O ideal seria impedi-lo de ir.

O gigante balançou negativamente a cabeça. Ele ainda tentava decidir quem era mais cabeça-dura: Le Goff ou Pedro.

– Eu pensei que teríamos um tempo de descanso e paz na capital – falou Isaac, antes de ser interrompido por algo que roçava o tecido de sua calça.

Eles olharam para baixo e avistaram o gato alado.

– Olhe o lado bom das coisas, Isaac. Pelo menos, você já fez amizade com alguém na capital. E, acredite em mim, talvez este animal seja melhor amigo do que os que arrumei ultimamente – disse referindo-se a Pedro e Le Goff.

Isaac assentiu com um sorriso, devolveu a carícia ao felino e disse:

– Vamos entrar, antes que cheguemos atrasados no encontro com a rainha.

\* \* \*

O interior do Smiselno não era frio, como Isaac pensara, mas bastante rústico e confortável.

Após se acomodar, experimentar o macio colchão de feno, tomar um banho e colocar as roupas limpas e passadas trazidas por seu camareiro, Isaac ficou pendurado na janela, fascinado com a cidade e as partes do palácio que seus olhos conseguiam alcançar.

Por situar-se em um alto rochedo e possuir muros elevados, os sons do comércio no mercado de Corema, das crianças brincando nas praças e das demais agitações típicas da cidade grande eram dificilmente ouvidos.

Isaac pensou em seu pai trabalhando na olaria em Finn, lembrou-se das aventuras vividas até chegar à Corema, refletiu sobre a morte de Huna e de tudo que a ouvira falar sobre o *Necronomicon*, o *Livro dos Mortos*, e sobre os Objetos Trevosos. Por fim, suas emoções foram preenchidas pela imagem de Gail sorrindo com aqueles olhos azuis fascinantes; por fim, ele recordou as palavras que Pedro lançara sobre ele minutos atrás: "O grupo o elegeu como líder, Isaac".

Tal eleição o pesava sobremaneira. Isaac temia que dissessem que ele não era o líder que esperavam que fosse.

Então, batidas na porta o despertaram de seu devaneio. Era seu camareiro.

Isaac caminhou pelos largos corredores do castelo tentando sentir-se imponente. Finalmente, ele veria a rainha. Não mais como o estúpido garoto que encontrara o Objeto de Poder da matemática de dias atrás; agora, como o líder de todos os possuidores dos Objetos de Poder.

Como seria o encontro? Com quem a rainha se pareceria? Teria um temperamento áspero ou parcimonioso?

Todas aquelas perguntas seriam respondidas em breve.

As portas gigantes se abriram e Isaac viu que os seus amigos já se encontravam na Sala do Trono.

Junto a uma pequena multidão de súditos, todos se assentavam nas laterais do grande recinto, como que aguardando algum tipo de julgamento que ocorreria.

Isaac sentiu um calafrio quando viu o piso da sala imperial. Uma pintura de uma espiral feita com números em ordem crescente adornava o piso. No centro da espiral, o número 1 era seguido pelo 2 à sua direita. O número 3 vinha logo acima do 2, o 4 à esquerda do 3. Assim sucessivamente, até preencher todo o espaço até as paredes.

Após ser arrebatado pelo susto, Isaac foi tomado por encantamento.

No teto da alta câmara real, uma abóbada de vidro formava uma linda cúpula com o mapa de Enigma desenhado no domo.

Os raios enfraquecidos do pôr do sol, que penetravam o vitral, projetavam um mapa distorcido e alongado sobre a parede leste do salão. Todos que notavam o desenho feito pelas sombras imaginavam que fosse algo proposital na arquitetura, pois despertava um encanto enigmático. Certamente a projeção do mapa se moveria de acordo com a iluminação do sol ou da lua.

Havia espelhos enormes, do piso ao teto, em cada coluna de sustentação, o que dava a impressão de um salão ainda mais amplo.

O trono era uma cadeira de marfim revestida de ouro puro, possuía seis degraus, um espaldar arredondado na parte superior com o desenho de uma enorme coruja na almofada e braços de cada lado do confortável assento.

A rainha Owl não era uma mulher de grande estatura, o que dificilmente era percebido, uma vez que seu olhar imponente e perscrutador conferia-lhe um gigantismo moral de presença. Seu cabelo curto e moreno possuía poucos cachos e mantinha uma boa proporção contrastando com o enorme nariz e boca, o que disfarçava o tamanho diminuto de sua cabeça e corpo.

Isaac notaria que as vestes da rainha exalavam aroma de mirra, aloés e cássia. Constataria também o quão agradável era estar em sua presença. No entanto, essa impressão só viria mais tarde, porque o que iria acontecer o deixaria inquieto.

Orientado pelo camareiro, Isaac se ajeitou silenciosamente em um dos lados do recinto, onde parte da multidão se assentava, e percebeu o frenesi dos súditos.

Um lindo bebê dormia tranquilamente em um berço de palha à direita do trono. De repente, duas mulheres foram levadas até o meio do salão, ao pé dos degraus que conduziam à cadeira de marfim e ouro.

Porcino, ao lado de Owl, fez sinal para que uma delas falasse.

– Ah, minha senhora! Eu me chamo Leia. Eu e esta outra mulher, Mireli, moramos na miserável cidade de Cadis, no Deserto da Desolação. Eu tive um filho – a multidão direcionou o olhar para o bebê adormecido, enquanto a rainha fixava o olhar na mulher que lhe falava – e sucedeu que, ao terceiro dia após meu parto, Mireli também deu à luz outro menino. Não havia mais ninguém na casa além de nós. Então, sem querer, Mireli deitou-se sobre sua criança, que sufocada morreu.

A outra mulher agitou-se com intenção de interromper Leia, mas sentiu-se rechaçada pelos olhares raivosos que recebeu da multidão.

– Ainda à noite, enquanto eu dormia, ela trocou as crianças. E pela manhã, ao tentar amamentar meu filho, percebendo-o morto, descobri também que não era o meu.

Mireli segurava as lágrimas diante da acusação. Defendeu-se assim que lhe deram a vez de falar:

– Minha rainha, a verdade é que a criança que vive é minha. Foi Leia quem trocou os bebês, porque se deitou sobre o dela e o matou.

Ao ouvir Mireli usando os mesmos argumentos de sua opositora, a multidão ficou confusa. Ninguém sabia quem falava a verdade.

Pedro, que estava do lado de Arnie no meio da multidão, quis olhar nos olhos das mulheres para saber quem mentia, mas ele só as podia ver de costas.

A rainha abafou uma lamentação. Seu coração estava cortado por saber que tão próximo à capital do reino, na cidade de Cadis, existia uma região de miséria. A aparência das duas mulheres traduzia visível pobreza. Entristecia-se também pela morte do bebê.

Owl tinha sido avisada sobre o caso. Os juízes da cidade haviam lavado as mãos, por não saberem o que fazer. Leia e Mireli os convenciam em seus argumentos e usavam as mesmas palavras para atacar uma à outra.

Não poderiam esperar a criança crescer para ver com qual das mulheres se assemelhava. Ainda assim, as características físicas não garantiriam um julgamento justo.

A questão se tornara um enigma para os presentes, que aguardavam uma solução da rainha.

O silêncio dos súditos pairou no salão, quando Owl começou a falar.

– Leia diz que o menino vivo é seu filho e que o morto pertence a Mireli. Enquanto Mireli diz que o morto é filho de Leia, e que o vivo é seu. Trazei-me uma espada.

Ao ouvir aquilo, mesmo inquieto, Bátor logo se prontificou, aproximando-se da rainha com sua espada em mãos.

Os súditos arregalaram os olhos e prenderam a respiração. Isaac pensou em interromper o julgamento e oferecer os Dados de Euclides para descobrir a verdade daquela trama, mas se deteve. Sequer sabia se podia falar diante da rainha sem que fosse convidado.

Le Goff também pensou o mesmo. Ele poderia viajar ao passado e verificar quem realmente matara seu próprio filho durante o sono.

– Divida em duas partes o menino vivo, e dê metade a uma mãe e metade a outra – sentenciou a rainha.

A maioria dos presentes na Sala do Trono não conteve o horror e suspirou de agonia. Bátor olhou para sua rainha, também incrédulo, mas o olhar severo de Owl, lançado para o chefe da guarda, confirmou o desejo da soberana.

Com exceção de Gail, com quem convivia na corte, os demais possuidores dos Objetos, que a tudo assistiam, pensaram que a rainha tivesse enlouquecido.

Mireli e Leia ficaram agitadas olhando uma para a outra sem saber o que fazer. Elas jamais imaginavam uma sentença terrível como aquela. Todos os boatos que lhes chegavam aos ouvidos sobre a rainha de Enigma diziam-lhes que era uma mulher boa, serena e cheia de sabedoria; não uma assassina cruel.

Bátor mostrava-se atormentado pelo que teria que fazer, mas caminhou lentamente até o berço e contemplou a face rosada do bebê.

Um brilho sagaz surgiu nos olhos de Leia, que falou baixinho para a outra mulher:

– Nem seu nem meu. Que seja feita a vontade de nossa sábia rainha.

Uma dor lacerante cortou o estômago de Mireli que quase engasgou com um grito dirigido para Bátor.

– Não! Pare!

A tensão aumentou no salão diante do desespero acentuado e manifesto de Mireli.

– Por favor, senhor, não faça nenhum mal à criança! – E, voltando-se para a rainha, em prantos, Mireli suplicou: – Dê a ela o bebê. Leia é a verdadeira mãe do menino. Eu menti, minha senhora. Eu menti, por favor, puna-me, mas não machuque o bebê...

O paladino, com a espada erguida, aguardou as palavras da rainha.

– Dai à Mireli o menino vivo e de maneira nenhuma o mate, porque esta é sua mãe verdadeira – sentenciou a rainha Owl, surpreendendo a todos.

Aliviados por não precisarem assistir ao derramamento de sangue inocente, todos se alegraram. E também temeram a rainha porque viram que em seu governo havia sabedoria para se fazer justiça.

As mulheres foram retiradas do salão, assim como toda a multidão que assistira ao julgamento.

Alguns minutos depois, apenas os seis possuidores dos Objetos viam-se diante da rainha, lado a lado, logo abaixo do primeiro degrau do trono. Bátor e Bernie posicionavam-se mais atrás. Porcino assentava-se numa cadeira à esquerda de Owl, e oito cavaleiros armados faziam a guarda do salão, distribuídos nas laterais do recinto.

A rainha lhes abriu um sorriso.

Isaac, Gail e Arnie corresponderam, também sorrindo. Pedro permaneceu com a cara fechada e Le Goff olhava com indiferença. Todos fascinados pela maneira como a rainha conduzira o julgamento das mulheres.

– Estou muito feliz em conhecê-los. Sejam bem-vindos ao meu palácio. Já me informaram sobre as grandes lutas e desafios que enfrentaram, não só para chegarem até aqui, mas também para encontrarem os Objetos de Poder.

Pedro constatou sinceridade naquelas palavras e nos pensamentos amigáveis que sondava ao cruzar seu olhar com o da rainha. Ainda assim não foi suficiente para fazê-lo tirar a carranca.

– Vocês são corajosos e destemidos.

As palavras de Owl aquiesceram seus corações. Isaac se lembrou de Huna, que também transmitia sabedoria ao falar.

– Conversaremos melhor na Sala de Guerra. Um lugar propício para reuniões.

Porcino pigarreou discretamente para a rainha. Arnie com sua superaudição escutou o pigarro e achou estranho o que sucedeu.

– Primeiro, preciso que vocês deixem seus Objetos naquele baú – ordenou a rainha, apontando para uma mala rígida encourada, com uma tampa arqueada.

Bátor espantou-se com o pedido, mas manteve-se calado. Percebeu que Gail o encarara, a fim de protestar.

Ninguém se mexeu. O silêncio expôs o estado de meditação profunda dos possuidores dos Objetos e foi rompido pela voz de Porcino.

– Vocês ouviram a rainha. Demonstrem submissão e obediência.

Pedro constatou inocência nos pensamentos de Owl, mas não largaria a Pena de Emily por nada. Gail, acostumada a viver no palácio e a obedecer ordens, pela primeira vez sentiu-se desconfortável, pois agora possuía o Cubo de Random. Todos eles sabiam os riscos que envolviam deixar seus Objetos de lado, mas viam-se diante de uma pessoa que demonstrava ser tão sábia e, ao mesmo tempo, bondosa e justa, além de poderosa no cargo que ocupava.

– Não podemos fazer isso, Majestade.

Isaac relembrou as palavras de Pedro sobre ser o líder do grupo e algo o fez se pronunciar. Entretanto, foi interrompido por Porcino.

– Como ousa falar assim para sua rainha, garoto? Como se não bastasse, negando-se a cumprir uma ordem.

– Deixe-o falar, Porcino.

A censura da rainha constrangeu o mão-direita, mas também deixou claro para todos quem realmente exercia o comando.

– Diante de tudo pelo qual passamos, majestade, não acho aconselhável nos afastarmos dos Objetos, em hipótese alguma. Eles devem ficar conosco.

Bátor admirou-se da postura firme de Isaac ao defender o interesse do grupo.

A rainha consentiu e, em silêncio, seguiram para a sala ao lado.

O novo cômodo era bem menor do que o anterior, mas isso não significava que fosse pequeno, comparado às habitações de qualquer cidade de homens grandes ou anões.

Janelas enormes se abriam para o leste, mas a luz crepuscular era insuficiente para iluminar o recinto. Tochas flamejavam fixadas nas colunas laterais da sala. Não havia abóbada, mas o teto possuía entalhes e inscrições belíssimas e inigualáveis.

Na parede oeste, um rígido tapete amarelo, com um enorme dragão tecido, chamou a atenção de Isaac. O esplendor e arte da imagem fascinavam.

Acomodados ao redor de uma longa mesa, Isaac, ajudado por Gail, narrou as aventuras que viveram para encontrar o cubo. Arnie deixou que Le Goff falasse sobre os braceletes e o pergaminho. Mas, quando chegou a vez de Pedro se pronunciar sobre a jornada em busca da pena e, depois, sobre a aventura na Baía dos Murmúrios junto a Aurora, ele simplesmente demonstrou indisposição.

Como um bom anão alado, Le Goff desejava saber toda a história envolvendo o aqueônio e a fada na busca pelo Manto de Lilibeth. Então, percebeu que um texto surgira no Pergaminho do Mar Morto. Fez uma leitura rápida e pediu a vez para que pudesse informar a todos o que lera. Pedro não o interrompeu, confirmando a veracidade da narrativa.

De maneira muito comedida e sucinta, como somente bons historiadores sabem fazer, o anão discorreu sobre a prisão de Lilibeth na cidade de Matresi, as imagens e vozes que ela passou a ver e escutar no papel de parede que adornava sua cela na torre do castelo e o enigma deixado na letra de uma canção.

– ... houve também outro enigma grafado na parede do castelo, que Pedro e Aurora decifraram para quebrar o feitiço que isolava o quarto onde o Manto de Lilibeth foi encontrado.

Por fim, contou sobre o encontro no Pântano Obscuro e sobre a luta no covil dos *goblins,* culminando na morte da sacerdotisa Huna.

Durante os relatos, carne de cordeiro, frutas e suco de uva eram servidos para os convidados.

– Eu imagino o quanto você sente pelas perdas que teve, Pedro.

O aqueônio sabia que a rainha falava com sinceridade, quando a ouviu dizer aquelas palavras. Mas nem isso o fez se pronunciar.

– Vocês assistiram ao julgamento das duas mulheres de Cadis. Nos últimos anos, as portas do castelo têm ficado cada vez mais apinhadas de multidões que trazem a mim, casos terríveis que precisam de solução.

Eles não faziam ideia de onde a rainha Owl pretendia chegar com aquele discurso, mas se voltaram com curiosidade para ouvi-la. Inclusive Pedro.

– Eu jamais fugiria de minhas atribuições e responsabilidades como soberana no reino. A questão é que isso é um forte indicativo de que as coisas não andam bem nas Terras de Enigma. E, em última instância, tenho que admitir que a culpa é minha.

Pedro recordou-se do tempo que passou na fazenda com Caliel e dos rumores de saqueadores na estrada rumo à Corema. Lembrou-se ainda do prefeito corrupto de Bolshoi.

– Eu estou muito velha para governar.

A confissão da rainha assustou a todos. Até mesmo a Bátor, acostumado a conviver com ela.

– Não pense dessa maneira, minha senhora – advertiu Porcino.

– Você demonstra ter muita sabedoria, majestade – interveio Arnie, sentindo pena da mulher à sua frente.

Então, Pedro olhou no fundo dos olhos de Owl e o que encontrou, além de sinceridade, foi medo.

– Muitas vezes a sabedoria precisa de um corpo rejuvenescido para operar. Um dos princípios que regem a boa liderança é saber medir o tempo e compreender quando é chegada a hora de passar o poder e a autoridade a outro. Enigma precisa de uma nova rainha. Ou de um novo rei – revelou, por fim, a soberana.

Por um milésimo de segundos, Le Goff pensou que eles haviam sido levados ali porque um deles seria o escolhido para cumprir o desejo real. Ele recordou a história dos reis que vieram antes dela. Não precisou usar o Pergaminho. O anão sabia que a paz e todas as riquezas que o reino alcançara eram recentes. Datavam do governo da rainha Owl, embora tenham se iniciado com seu antecessor.

– É para isso que fomos trazidos para cá? Um de nós reinará? – perguntou Isaac, indo direto ao assunto.

Sentindo-se mais à vontade na presença dos visitantes, a rainha fez sinal para que os soldados e serventes deixassem a sala. Além dela e dos possuidores, apenas Bátor, Porcino e Bernie permaneceram.

— De certa forma, não, meu querido rapaz – respondeu Owl. – Vocês estão aqui porque encontraram os Objetos de Poder. E quem quer que reine precisará de vocês.

Os possuidores recordaram-se do julgamento das duas mulheres e entenderam que os Objetos, de fato, facilitariam muitas coisas.

— Se o próximo governante de Enigma encontra-se nesta sala, apenas o tempo dirá. Mas é certo que ele terá que contar com a ajuda de cada um de vocês para assumir o reino – explicou a rainha. – Vocês foram trazidos aqui porque precisam encontrar o sétimo e último Objeto perdido, juntos.

— Juntos – repetiu Isaac, sussurrando no ouvido de Pedro, enquanto mantinha o olhar fixo na rainha.

— Alguém faz ideia de por onde devemos começar? – perguntou Bernie, que até então permanecia calado como Bátor.

— Eu sei o quanto é importante, mas não precisamos pensar nisso agora. Vocês acabaram de chegar – interrompeu Owl. – Passarão um tempo aqui na corte, pelo menos até descobrirmos alguma pista sobre o paradeiro do Objeto que nos falta. Pelo que entendi, de tudo o que me narraram, vocês ainda estão aprendendo a lidar com tais artefatos.

A rainha parou de falar e pensou.

— Anos antes de os Objetos de Poder serem criados por seus primeiros possuidores, existiam livros narrando profecias sobre eles. Na época, as predições pareciam tão confusas que não sabíamos como as coisas ocorreriam. Quem, por exemplo, poderia imaginar que os braceletes que um rei gigante fez para sua filha anã se tornariam um Objeto de Poder? Contamos a história dessa maneira hoje, mas na época, eles mesmos não entendiam no que estavam se envolvendo. Entretanto, foi importante o que os primeiros possuidores fizeram:

tentaram formar um grupo secreto a fim de entender e fazer cumprir as profecias para salvar o reino.

– Profecias se cumprem independentemente de quem trabalhe contra ou a favor delas – interrompeu Isaac.

– Não é bem assim, meu rapaz.

A resposta contrária da rainha deixou confuso o matemático.

– O grupo ficou conhecido como Confraria do Poder. Infelizmente, foram morrendo um a um por motivos variados e de diferentes formas. Euclides, por exemplo, tirou a própria vida.

Isaac não concordava com aquela versão da história, mas preferiu não interromper a rainha, pois ela narrava fatos que ele desconhecia.

– A primeira confraria, na verdade, nunca chegou a existir efetivamente. Então, o segundo grupo de homens, liderados por Nicolau Grimaldi, surgiu. Era composto em sua maioria por clérigos, que se comunicavam por sinais e símbolos secretos. Grimaldi, diziam, se comunicava com os anjos em sonhos e tinha o dom de profecia, igualmente a seus antecessores que pressagiaram a criação dos artefatos. Em um encontro com um ser macabro no bosque, um feitiço foi lançado sobre ele. Mas ninguém sabia disso, nem o próprio profeta. Então, sua ruína consistiu em ver todas as suas profecias não se cumprirem, porque o feitiço das trevas o fazia profetizar tudo ao contrário.

– Como isso é possível? – indagou Isaac, assustado.

– Isso me parece coisa dos gnomos das Planícies Ardilosas – comentou Arnie, lembrando-se da engenhosidade do calabouço bidimensional abaixo do Cemitério dos Anões.

– Ao que tudo indica, o grupo secreto liderado por Euclides era muito parecido com o de vocês. Os primeiros possuidores também não conheciam a fundo o poder que tinham em mãos. E, embora soubessem que os Objetos fossem poderosos demais, eles não se mantiveram unidos. Essa foi a fraqueza que os derrotou.

– Aurora não deveria ter partido – lamentou-se Gail, fazendo Pedro olhar para ela.

– Talvez nunca conheçamos verdadeiramente nossos inimigos, porque eles se esgueiram nas sombras e habitam as trevas. Mas, a bem da verdade, o jogo que eles farão é o mesmo que fizeram no passado: separar cada um de vocês, pois assim os tornarão suscetíveis e fracos. Tentarão implantar a dúvida e o desentendimento no grupo.

– Se esse é o plano deles, certamente já estão agindo. Conseguiram arrancar Aurora de nosso meio – lamentou-se Bátor.

A rainha observava o grupo conversar e raciocinar sobre tudo o que ela dissera.

– Esqueçamos por ora tudo isso – exclamou a soberana. – Vocês são muito importantes para o reino e precisam de um bom descanso. Um banquete especial os aguarda no pátio central do castelo. Teremos muito tempo para conversar e montar uma estratégia sobre o que faremos. Desfrutem o Smiselno. Aqui vocês estão em segurança.

Owl tinha razão. A reunião tinha sido tão cansativa quanto a viagem do pântano até o castelo. Com exceção de Pedro, que foi para seu quarto, todos desceram para se divertir no pátio. Esqueceriam completamente de todos os perigos passados, enlevados pelas músicas que os bardos entoavam.

A melhor parte da festa foi a dança de Bátor com sua filha.

Isaac não acreditou no que viu. Gail era uma exímia dançarina, assim como o chefe da guarda. Pai e filha giraram em torno de todo o salão da festa. A rainha os aplaudiu de pé.

Todos se divertiam.

Arnie se encontrou com outros gigantes que visitavam a capital e que foram convidados. Le Goff passou o resto da noite fugindo da presença de Lisa. Não queria ir para o quarto porque também adorava festas. Bernie aproveitou para se despedir dos amigos. No dia seguinte, retornaria às Altaneiras.

Mesmo com tanta fartura de comida, bebida e boa música, a festa terminou antes da meia-noite, como ordena o regimento seguido por todos na capital.

Corema dormiu alegre e em paz naquela noite.

# TORNANDO-SE UM GUERREIRO

Logo cedo, na manhã seguinte, enquanto parte da cidade ainda dormia, o tilintar de espadas era ouvido no pátio posterior do castelo.

Isaac pedira que Bátor lhe ensinasse a manejar a arma dos cavaleiros; só não esperava que o chefe da guarda marcasse o primeiro treino para tão cedo. O garoto pensou em protestar, mas desistiu.

– Acorde, Isaac! – gritou Bátor, descendo sua espada na direção do garoto, que se protegeu, jogando o corpo para o lado.

Distraído, e ainda com sono, Isaac, tropeçou em uma pedra do soalho do pátio e caiu sentado.

– Vou repetir o que lhe falei há pouco. Quando for atacado, você deve assumir a posição de guarda: pernas ligeiramente flexionadas, o pé da frente perpendicular ao de trás e dirigido para frente, calcanhares alinhados entre si.

O matemático empinou-se, sisudo, à frente de seu instrutor.

– Distribua o peso do corpo sobre as pernas, Isaac. Vire o ombro do braço armado para a frente e o cotovelo para dentro, afastado do corpo. Levante o outro braço, mantendo o cotovelo à altura da linha dos ombros. Equilíbrio! É sobre isso que estamos falando.

Confuso, tentando moldar-se às configurações ditadas por Bátor, Isaac parecia um boneco desengonçado sendo manipulado por mão invisível.

– Não cruze as pernas! Mantenha a base.

À medida que o chefe da guarda orientava, o garoto se posicionava.

– Avance levantando a ponta do pé da frente, depois a perna.

O dia clareava. Um céu avermelhado desenhava sombras longas por todas as partes do Smiselno. Sombras cada vez mais fortes e delineadas.

Uma janela na base das torres centrais se abriu e Pedro surgiu. Ele permaneceu, por um breve tempo, olhando para o pátio abaixo, assistindo ao treino. A espada nas mãos de Bátor o fez lembrar da morte de Huna.

Embora tenha visto o aqueônio, Isaac não se distraiu até o momento em que um vulto desceu na amurada do outro lado do pátio.

Nesse instante, Bátor executou um movimento ligeiro de aproximação, que mais tarde revelou a seu pupilo ser chamado de "afundo". Deu uma estocada precisa e fez novamente com que Isaac caísse.

– Você se distraiu de novo – sentenciou o chefe da guarda. – Pare de olhar para o gato e mantenha o foco na luta.

Do chão, o garoto viu quando Pedro riu de sua condição e desapareceu da janela. Enquanto isso, o gato planou vagarosamente, pousando no pátio. Ronronou e, em seguida, soltou um miado. Parecia faminto.

– Você não acha que é muita informação para a primeira aula?

– É exatamente o que você precisa aprender no dia de hoje.

– Bátor, eu quero aprender a me defender e a lutar como um guerreiro, mas não é algo urgente. Ainda sou um garoto de treze anos. Tenho muito tempo pela frente.

– Se você pensa assim, aprender a manejar uma espada não é algo que você realmente deseje.

O garoto percebeu que dera com a língua nos dentes.

– É que eu não sabia que seria tão... tão...

– Difícil?

– Cansativo.

Isaac evitou reclamar novamente. Na verdade, apenas ao empunhar a espada para o treino e verificar o quão árduo era praticar os movimentos e táticas é que começou a pensar que não nascera para aquilo.

– Quando Gail chegará ao palácio?

– Talvez ela não venha hoje.

Isaac não gostou do que ouviu.

– Estamos nas férias de verão. Ela não tem aula.

– Passamos muitos dias fora, Isaac. Certamente, ela visitará amigos e parentes.

O garoto achou estranho ouvir que Gail tinha amigos e parentes para visitar. Crescera solitário nas montanhas, fizera da matemática sua melhor amiga e companheira. Não costumava ter a quem visitar. Sentiu falta de seu pai e de sua casa, mesmo estando em um palácio majestoso, seguro e cheio de pessoas agradáveis.

*　*　*

O dia não teve atrativos como Isaac esperava. Almoçou com os amigos Arnie e Le Goff. Visitou o quarto de ambos. E só voltou a ver Pedro de longe.

O aqueônio se assentava no largo muro norte, próximo à torre que dava para os aposentos do anão albino. Ele olhava fixamente para o horizonte. Isaac deduziu que Pedro pensava em Aurora.

Isaac, Arnie e Le Goff foram chamados pela rainha Owl na Sala de Guerra. Surgiram notícias perturbadoras e ela achou por bem compartilhá-las com os hóspedes.

– Dois navios piratas, vindos de Ignor, adentraram o golfo do Mar Morto – informou Bátor.

– Algum mensageiro, algum contato formal? – indagou a rainha.

– Nada até o momento.

– Por que não atacamos? – perguntou Isaac.

O garoto viu Porcino franzir a testa, desdenhando da pergunta.

– Primeiro, porque ainda não sabemos o que eles querem – explicou Bátor, percebendo a ingenuidade de Isaac em relação a assuntos bélicos.

– Não atacamos sem que tenhamos motivo, meu jovem. Sem que saibamos com exatidão o que sucede – reforçou a rainha.

Arnie achou ponderável. Le Goff ficou inquieto.

– Segundo, porque fomos pegos de surpresa com a informação trazida a nós.

– Ela é confiável? – perguntou Le Goff.

– Serviço Secreto Real. O mesmo que nos informou sobre um garoto nas montanhas de Finn, ganhando em todos os jogos de azar em um parque de diversões – respondeu Bátor, olhando para Isaac.

Le Goff entendeu a mensagem.

Ao se lembrar da corrida de ratos no parque de diversão, Isaac sacou os dados de seu alforje e rolou sobre um canto da longa mesa ao redor da qual se reuniam.

Houve um repentino sobressalto por parte de todos.

– Provavelmente atacarão – confirmou o matemático ao observar os números da face superior de cada um dos dados. D4 indicava 3; D6 indicava 4; D8, 6; D12 caiu com o número 10 virado para cima e D20 com 16. A moeda não foi lançada.

Antes que Bátor se pronunciasse, a rainha Owl ou mesmo Porcino, a voz de Le Goff interrompeu aquele momento insólito.

– O exército de Ignor possui tendas montadas no Deserto do Silêncio – Todos olharam para o mapa de Enigma, identificando o lugar. – Os dois navios que visitei estão cheios de soldados sanguinários que intentam atear fogo numa aldeia, próxima à cidade de Babel, ao sul da Floresta de Sal. Eu ouvi a conversa de um dos capitães.

Quando terminou de falar, o albino exibia o Pergaminho nas mãos. Todos entenderam como ele obtivera a informação: viajando ao passado.

Como sempre acontecia com aqueles que viam pela primeira vez o poder dos Objetos sendo manifestado, a rainha Owl e Porcino ficaram encantados.

Eles também temeram os possuidores, mas evitaram demonstrar.

– Sorrateiramente, pontos estratégicos do reino estão sendo tomados – deduziu a rainha, ainda maravilhada. – Eles revelaram o dia do ataque? – perguntou referindo-se à conversa que o anão dissera ter ouvido.

– Na manhã da segunda lua, a contar do dia de ontem.

– Se o que Le Goff viu, e foi confirmado pelos Dados de Euclides, é real, logo o ataque ocorrerá amanhã – concluiu Bátor.

– Precisamos encontrar uma maneira de avisar os aldeões.

– Minha rainha, um mensageiro alado é capaz de chegar a tempo, se for enviado nesse instante.

Owl encarou Porcino, analisando sua orientação. Havia anões alados que trabalhavam na capital exclusivamente para a monarca. Eles podiam ser enviados de um ponto a outro do reino para levar ou trazer informações com certa rapidez.

– Mesmo que ele consiga chegar antes que o ataque ocorra, não haverá tempo suficiente para evacuar a aldeia ou proteger os aldeões – rebateu Le Goff, com certa satisfação, ao perceber que seu raciocínio fora mais ágil que o do mão direita da rainha.

– O alado tem razão – confirmou Owl.

Porcino sentiu-se menosprezado.

Bátor voltou a olhar o mapa sobre a mesa. Desejou que Gail estivesse ali. Não conhecia ninguém com o raciocínio mais rápido que o dela. Ele sabia que em pouco tempo sua filha se tornaria uma fiel conselheira da rainha. Então, em frações de segundos, ele se recordou das palavras de Owl no dia anterior, dizendo que passaria o trono. Bátor ficou confuso e focou no que precisavam decidir. Como salvar os aldeões no sul da Floresta de Sal.

– Arnie! – gritou Le Goff.

Todos olharam para o colosso.

O olho único do gigante expressou surpresa.

– Você corre mais rápido do que o animal mais rápido que conheço.

Arnie assentiu.

– Mesmo que ele seja tão rápido, o trajeto que ele deverá fazer a pé, contornando montanhas e saltando vales, mesmo que em alta velocidade, vai durar aproximadamente o mesmo tempo que um voador em linha reta nos ares para alcançar a aldeia – observou Porcino.

– É razoável, Arnie? – perguntou a rainha.

– Provavelmente sim, minha soberana.

Houve um instante de silenciosa aflição.

– Não podemos ficar aqui, aguardando notícias trágicas de que pessoas foram mortas e não fizemos nada.

As palavras de Owl saíram enfraquecidas pela angústia.

– O envio de um mensageiro alado não se compara à ida de Arnie – rebateu o albino. – Ele é poderoso, capaz de destruir os navios antes mesmo que cheguem em terra.

Porcino encarou os braceletes de poder nos punhos do gigante.

Embora concordasse com um gesto de cabeça, havia dúvida no semblante de Arnie. Ele já protagonizara muitos feitos utilizando o poder dos Braceletes de Ischa, mas lutar contra um exército armado tinha uma nova significação em sua mente.

– Eu não posso deixar que ele seja enviado – disse Isaac.

– Minha rainha, se o colosso é realmente forte como supõe o anão, ele deve ser enviado – reforçou Porcino, olhando de esguelha para o matemático.

Arnie percebeu que a rainha ficara aflita por ter que decidir sobre seu destino.

– Não quero que tenham pesar por decidir sobre minha ida. Eu irei ao encontro dos aldeões e lutarei para livrá-los da emboscada.

Le Goff esboçou um sorriso. O anão parecia confiante de que seu amigo daria conta da missão. Então, o destino de Arnie selou-se com a ordem final da rainha Owl. Ele partiria imediatamente.

O gigante sentiu-se solitário ao caminhar pelos corredores do castelo até seu quarto. Dispensou seu camareiro e desviou de caminho. Parou em frente à porta do quarto de Pedro e pensou em bater.

Ele precisava desabafar com alguém. Não poderia transmitir insegurança em relação ao que estava prestes a fazer, por isso não procurou alguém que participara da reunião. Todos colocavam fé em seu poder.

Por que Pedro não se juntara ao grupo durante aquele dia? Certamente também vivia seus dilemas e ainda esperava pela ajuda do colosso.

Arnie desistiu de bater na porta e seguiu pensativo rumo a seu aposento. Colocou rapidamente uma muda de roupa em uma bolsa e desceu para a guarita onde receberia instruções a respeito da jornada.

Colocaram um capacete de bronze em sua cabeça e vestiram-no de uma couraça, cingindo-lhe a cintura com uma enorme espada, apropriada para gigantes.

– Eu não conseguirei correr carregando tudo isso. Mal consigo me mover com essa armadura e não estou habituado a usar uma espada – informou o colosso.

– Você não pode ir desprotegido, Arnie – interveio Bátor.

– Eu tenho os Braceletes de Ischa. Se eu tiver que pelejar e vencer, vencerei por Enigma – respondeu.

Bátor sorriu admirado. Havia nobreza na decisão e nos propósitos de Arnie em lutar pelo reino.

Minutos depois, o gigante atravessava os portões sul da cidade.

Do alto da torre, nas acomodações dos alados, Le Goff assistiu a seu amigo desaparecer no horizonte como uma flecha. O albino se lembrou de como os espiões de Ignor derrubaram Arnie no descampado das montanhas da Cordilheira Imperial, e temeu, embora confiasse em sua bravura.

"Ele não é qualquer gigante."

Isaac rolou os dados perguntando se Arnie venceria a invasão pirata. As chances indicadas pelo Objeto de Poder não foram animadoras: havia cinquenta por cento de chances de vitória e cinquenta por cento de derrota. O resultado deixou o coração do matemático apreensivo.

\* \* \*

Na manhã seguinte, seguindo ordens de Bátor, Isaac acordou cedo e foi para o pátio treinar.

Já se passara duas horas e o garoto ainda ensaiava todos os movimentos conforme lhe fora ensinado no dia anterior. O levantar dos calcanhares e o mover dos braços e ombros, a distância entre os pés e a condição de manter ereta a coluna. Ele tentava se lembrar de todos os detalhes e já começava a se cansar, quando, de repente, viu o gato alado pousar a seu lado.

Passado o susto, a paz invadiu-lhe o coração. Era o mesmo animal a quem ele acariciara no dia em que chegou a Corema. Um belo gato, semelhante a um leopardo.

Isaac soltou a espada no chão para poder brincar com o felino, que correspondeu miando delicadamente.

– Como você se chama? – perguntou, sem esperar resposta.

Os lindos olhos verdes do animal o encararam.

– Relâmpago. O que acha desse nome? Você aparece repentinamente e desce do céu como um relâmpago.

Relâmpago miou como que concordando.

Aqueles instantes de paz fizeram os pensamentos angustiosos em relação a Arnie se dissiparem da mente intranquila do garoto.

Quando pegou o gato no colo e se levantou, o animal pulou de seus braços e bateu as asas. Era algo sublime e majestoso vê-lo voar.

O gato se elevou até próximo às torres do castelo.

Le Goff acabara de abrir a janela do quarto, mas viu Relâmpago passando altaneiro próximo de si. Num susto que quase o fez despencar, ao agarrar a folha da janela, que emperrou na altura da dobradiça inferior, o anão protagonizou uma cena cômica, causando risos em quem assistia do pátio.

Isaac olhou para a janela do quarto de Pedro. Ela permanecia fechada, o que o deixou ainda mais intrigado.

O que acontecia com o aqueônio?

Um garoto de apenas treze anos de idade, preocupado com um gigante e com um aqueônio que conhecera dias atrás. Um jovem decidindo estratégias de guerra para defender o reino. Ao mesmo tempo em que Isaac sentia-se honrado com tudo aquilo, no fundo, ele também temia tanta responsabilidade.

Escutou passos, olhou e avistou duas figuras queridas.

– Você veio! – exclamou ao ver Gail, chegando com o pai.

Ela sorriu. Então, Isaac notou que Bátor trazia nas mãos várias cordas enroladas. Após os devidos cumprimentos, o menino perguntou:

– O que é isso?

– Cordas. Não está vendo? – respondeu o soldado, entre risos. – Se quiser se tornar um verdadeiro guerreiro, precisa ter habilidades que o elevem ao nível de um.

Isaac se calou.

Bátor começou a falar sobre nós e amarrações. Gail apenas observava. Depois de quase quarenta minutos de uma longa aula expositiva, finalmente, o chefe da guarda pegou uma corda e passou à prática.

Isaac percebeu que nada daquilo era novidade para sua amiga.

– Eu sei dar um nó – revelou o garoto, tentando não ser pretensioso, mesmo depois de várias instruções complexas que recebera.

Isaac, apressadamente, pegou uma corda no chão e fez o nó, esperando receber um elogio de Bátor.

– Esse é um nó de azelha simples, Isaac.

O menino sorriu e Bátor continuou:

– Uma criança de cinco anos sabe fazer. Se submetido à tensão, ele dificilmente será desfeito. Isso é ruim. Sem contar que a resistência da corda será reduzida em cinquenta por cento.

Gail apanhou a corda da mão do amigo, desfez o nó e o refez de uma forma um pouco diferente.

– Assim ele ganha mais resistência. Você consegue reproduzi-lo? – desafiou a garota, dando uma piscada de olho.

– Posso tentar.

Bátor ficou surpreso com a iniciativa de seu pupilo. Contudo, não esperaria muito para ver o resultado, pois sabia que principiantes custavam a entender as voltas necessárias a serem dadas no conjunto de fios.

Após quatro tentativas infrutíferas, Isaac desistiu.

– É assim que se faz um nó de azelha em "8" – explicou o soldado da rainha, pegando outra corda e demonstrando.

– Leva tempo para aprender. É normal, Isaac – acrescentou Gail.

– Isso é muito chato. Eu pedi para me ensinar a lutar com espada, não com uma corda. Eu quero me tornar um guerreiro, não um boiadeiro.

Bátor o encarou.

– O instrutor aqui sou eu.

– Então, aprenda a incentivar seu aluno, a elogiá-lo. Sabia que isso é importante? Eu fiz um "nó de azelha" simples, tudo bem, mas poderia ter ganhado pelo menos um "parabéns, Isaac, você começou muito bem".

Gail não imaginou que seu amigo se irritaria tanto. Embora tivesse vontade de rir, ela não o fez, por respeito. Sabia que seu pai se esforçava para ensinar a Isaac tudo o que fosse necessário para ele se tornar o soldado que desejava.

– Passamos por muitas aventuras juntos, não foi Isaac?

O menino olhou circunspecto para o chefe da guarda. Havia um tom estranho na voz de Bátor.

– Muitas vezes caminhamos lado a lado com uma pessoa, mas não a conhecemos de verdade.

– O que isso tem a ver? – perguntou o garoto, curioso.

– Que você não sabe muito sobre mim.

Fazia sentido. Isaac sabia muito pouco sobre Bátor.

– Eu era bem mais velho que você quando me tornei escudeiro.

Gail já ouvira aquela história muitas vezes. Ainda assim permaneceu calada para que Isaac a ouvisse da boca de seu pai.

– Eu queria muito me tornar um soldado, mas não passava de um escudeiro. E por mais que desejasse ir para as fileiras em combate, o comandante não me achava capacitado. Ele não estava nem aí para os meus sentimentos, garoto. Então, sabe o que fiz? Eu me esforcei. Não para ser o melhor, mas para ser a cada dia melhor do que eu havia sido no dia anterior. Talvez assim ele me enxergasse como um guerreiro de verdade.

Isaac achou interessante ouvir a história de Bátor.

– Não se passou um dia, que me lembre, em que eu não tenha treinado. Eu treinava, Isaac, e sentia a mão ficar calejada, o corpo ficar cansado. Eu dormia pouco, porque no dia seguinte, bem cedo, a armadura, botas, capacete, espada e escudo de meu senhor deviam estar polidos. E era eu quem devia fazer o serviço.

Mesmo ouvindo a mesma história dezenas de vezes, Gail sempre se emocionava naquela parte. Ela sentia muito orgulho do pai.

– Demorou, mas um dia minha chance chegou. Estávamos em uma campanha contra o exército de Ignor. Eu tinha vinte anos de idade e acompanhava meu senhor junto com outros homens rumo ao nosso acampamento. Foi terrível e desesperador. Sofremos uma emboscada. Os poucos soldados nossos começaram a cair ao fio da espada.

Bátor fez silêncio. Seus olhos divagaram como que afetados pela lembrança. Isaac encarou o chefe da guarda. Em seguida, escutou algo que o fez estremecer.

– Naquele dia, Isaac, eu tive a desconfortável certeza de que jamais voltaria a ser o jovem estúpido que costumava ser. Eu matei um homem pela primeira vez.

Os olhos arregalados do matemático buscaram o horizonte à frente, como que escondendo-se envergonhados do que ouviam. No fundo, Isaac sentia medo. Ele percebeu que sua hora também chegaria, se ele continuasse a insistir em se tornar um guerreiro.

– Salvei meu senhor e todos os que se encontravam encurralados pelo grupo inimigo. Eu não lutava por eles, Isaac. O motivo era minha sobrevivência, minha própria vida. E por causa da minha vitória contra o inimigo, na batalha seguinte, como em todas as demais, a partir de então, entrei na peleja como um verdadeiro soldado da rainha.

Isaac entendera o recado.

– O que você achou de Porcino?

De repente o garoto ficou confuso. O que o mão direita da rainha teria a ver com o assunto que conversavam? Ele ficou sem saber o que responder ao Bátor.

– Como assim? Bem, eu... às vezes penso que ele não trabalha a favor do reino, ou que não seja a melhor pessoa para ocupar o cargo que ocupa... é vaidoso e também me parece muito medroso.

Bátor riu ao perceber que não era preciso muito tempo para perceber o quão tolo Porcino se apresentava.

– Concordo, Isaac. Infelizmente não somos nós que escolhemos colocá-lo lá. Mas quero que compreenda outra coisa. Porcino vive apenas dentro deste belo palácio, por raras vezes atravessou os muros desta cidade para ver com seus próprios olhos como é a vida lá fora. Alguns homens só podem se dar ao luxo de não ser violentos porque outros homens necessitam agir com violência para livrá-los das pessoas que são violentas por natureza – concluiu Bátor.

Gail e Isaac entenderam o que ele dizia e concordaram. Fazia sentido.

– A estrada para a vitória é pavimentada com sacrifícios e dores, garoto. Sacrifícios tão dolorosos que, muitas vezes, fica difícil até mesmo respirar. Converse com um grande guerreiro, com uma sacerdotisa ou mesmo com um poderoso rei ou rainha, qualquer líder iminente, você ouvirá isso deles: "Não foi fácil. Eu tive perdas pelo caminho, não recebi ajuda quando precisei, tomei decisões difíceis, muitas vezes incompreendidas". – Bátor respirou para finalmente concluir: – Se você deseja se tornar um homem forte, um verdadeiro guerreiro, não espere que eu fique passando a mão em sua cabeça, porque a vida não vai passar. Não espere que eu diga que está bom, Isaac, se realmente você pode fazer melhor. A frustração deixará você louco, mas fará com que você pratique mais, se esforce mais e dê o seu melhor – Bátor suspirou. – Ou, quem sabe, desista.

Houve silêncio e uma profunda troca de olhares.

O chefe da guarda não teve tempo de falar mais sobre sua juventude, porque um estrondo chamou a atenção de todos, um som de metal batendo no piso do pátio.

Alguns funcionários do palácio chegaram às janelas das torres para ver o que acontecia. Até mesmo a janela do quarto de Pedro se abriu e ele surgiu assustado para verificar de onde vinha o ruído.

A imagem de Le Goff agarrado na borda inferior de uma enorme gaiola de pássaros ficaria para sempre gravada em suas memórias.

Cansado de ter que se encontrar com um gato alado em cada esquina, na área aberta do castelo, após o susto daquela manhã, o albino decidira aprisionar um.

Descera correndo as escadarias da torre e, sem que fosse visto, providenciou uma gaiola redonda sem fundo. Ficara à espreita. Ouvira toda a conversa de Isaac, Bátor e Gail, enquanto aguardava um animal voador se aproximar. Então, com rapidez se moveu sobre ele, aprisionando-o na jaula.

Le Goff só não contava com a força do animal. Com insistência rebelde, o gato usou os dentes e as patas para levantar a base da gaiola. Em seguida, começou a bater as asas, mesmo em um espaço diminuto. Então, a gaiola subiu; inicialmente, a poucos centímetros do piso. Mas o gato parecia obstinado, lutando por sua vida, até conseguir alçar um voo baixo e romper as grades que tentavam prendê-lo.

Isaac correu na direção do albino, a fim de evitar sua queda, pois Le Goff não se soltara da armação metálica. Uma corrida em vão, podemos dizer.

Quando a jaula tocou o piso de ponta cabeça, Le Goff caiu dentro dela, sentiu a pancada e seu corpo girar. A gaiola rodopiou, capotou e por fim parou em sua posição normal. Dentro dela o anão alado ficara preso, desnorteado, apoiando-se nas grades como um condenado.

Risos e até mesmo aplausos pipocaram de todos os cantos, vindos de súditos que por ali passavam. Pedro dava gargalhadas do alto da janela. Somente Isaac permaneceu sério e apressou-se em ajudar o amigo.

Antes que a confusão se intensificasse, um funcionário do palácio adentrou correndo o pátio na direção do chefe da guarda.

– Senhor, senhor!

Pedro achou estranha a movimentação que se seguiu. Viu Bátor caminhar veloz em direção à torre onde ficava a Sala do Trono, seguido por Isaac, Gail e Le Goff.

De alguma forma, o aqueônio pressentiu que se tratava de algo relacionado ao Arnie, apesar de o gigante não estar com eles.

# DESVENTURAS DE ARNIE

A rainha Owl convocou Le Goff e Isaac porque sabia que eles eram as fontes de informações mais confiáveis e rápidas que já conhecera.

– Vocês são capazes de me dizer o resultado da guerra no sul da Floresta de Sal? Precisamos saber notícias do gigante.

Antes mesmo de tocar os dados, Isaac foi inundado por dois sentimentos: o primeiro lhe dizia que Arnie estava vivo; o outro, que a previsão que fizera não ocorrera. O que teria acontecido, afinal?

O albino passava a mão na cabeça, tentando aliviar a dor da queda, quando entrou no grande salão. Ouviu o pedido da rainha e reconheceu nele humildade. Le Goff sabia que Porcino sentia ciúmes da forma como Owl os tratava.

– O exército de Ignor não atacou – afirmou Isaac ao avaliar os números nos dados rolados.

– Eu vi Arnie conversando com os chefes da aldeia à beira da praia – completou o anão, após rápida visita ao passado. – O gigante mostrou-lhes o selo real e informou que fora enviado de Corema. Alguns homens se mobilizaram e partiram para a cidade mais próxima, a fim de pedirem reforços. Arnie orientou os aldeões para não saírem de suas casas. Não haveria tempo para evacuação. O gigante os informou que navios de Ignor planejavam lançar flechas incendiárias, mas que ele faria de tudo para protegê-los.

Num piscar de olhos, Le Goff fez uma nova viagem e, espantado, continuou a narrar o que sucedera.

– Não houve ataque!

O albino confirmou o que Isaac dissera. Todos olharam para o matemático com surpresa.

– Ontem, os dados mostraram que eles atacariam e Le Goff escutou a conversa do comandante de um dos navios – comentou Bátor. – Não faz sentido.

– Os dados indicam probabilidades de ocorrência de eventos – corrigiu Isaac. – E as chances eram altas. Passei meses testando resultados na cidade de Finn. Sei interpretar números e posso dizer que o ataque inimigo era certo. Não faz sentido.

– Tudo bem, Isaac – Gail percebeu que seu amigo ficara incomodado e começava a se irritar com o fato de sua previsão não acontecer. – Ninguém questiona sua capacidade de lidar com o Objeto. Essas coisas acontecem...

– Não, Gail. Há algo de errado.

Nesse instante, uma das portas se abriu e um dos soldados que a vigiava pelo lado de fora anunciou a presença de Pedro.

A face da rainha se emoldurou por um semblante que denotava de alegria e satisfação.

– Junte-se a nós, Pedro.

O aqueônio não sabia o que andava acontecendo e precisou ser atualizado.

Mostrou preocupação pela vida de Arnie, embora na maior parte do tempo tenha ficado calado. A única pergunta que fez não chamou a atenção de ninguém: "Arnie conseguiu percorrer todo o trajeto em tão pouco tempo?".

O albino lhe respondeu que sim. E não se falou mais sobre isso.

– Enviamos mensagem para parte de nosso exército nas cidades vizinhas à região. Hoje eles se deslocam para aquele lado da costa e, provavelmente, o gigante retornará – anunciou a rainha. – Alguém mais tem informações relacionadas ao suposto ataque?

A palavra "suposto" deixou Isaac inconformado, mas somente Gail percebeu.

– Eu não quero parecer insensível, rainha – manifestou-se Pedro e recebeu um olhar fulminante de Porcino. – Já que a reunião sobre o suposto ataque parece ter chegado ao fim – Pedro não falou daquela maneira, a fim de incomodar Isaac. Ele apenas repetiu as palavras da rainha. – Quero falar sobre minha condição neste castelo.

Havia uma sutil insatisfação no tom de voz do aqueônio, que deixou todos apreensivos e incomodados.

– Minha permanência aqui não tem qualquer préstimo.

Bátor pensou em interrompê-lo, antes que ele falasse mais asneiras.

– Eu quero voltar para casa.

Uma funesta alegria teria dominado Le Goff, mas o albino, na verdade, sentiu-se triste com a confissão.

– Não há nada aqui para mim. Nada que eu queira fazer, ninguém que eu deseje ajudar. Estou com saudades de minha família. Não pertenço a este lugar. Quero voltar para casa.

– Você não é um prisioneiro, Pedro.

As palavras de Owl desarmaram o jovem, que pareceu egoísta ao se expressar.

Isaac olhou com muito lamento para o possuidor da Pena de Emily. Mas quando seus olhares se cruzaram, Isaac o desviou e mirou a imagem do enorme dragão tecido na tapeçaria em tom amarelo instalada na parede.

– Talvez você não seja o que mais sofreu com toda essa história dos Objetos de Poder, mas certamente é o que mais teve prejuízos – continuou a rainha. – Dizem que a dor é capaz de nos tirar a dignidade. Às vezes, ela também nos tira a capacidade de enxergar nosso próprio valor. E isso não representa algo que eu possa fazê-lo recuperar, Pedro. Só espero que você avalie bem o que sente e as consequências do que está prestes a fazer. Há caminhos que nos parecem bons, mas seus fins são de morte.

A conversa com Pedro terminou ali. A rainha dissera que a decisão era do próprio aqueônio.

Isaac, Gail, Le Goff e Pedro deixaram a sala de reuniões. Bátor permaneceu com Porcino e a rainha, a fim de darem continuidade a outras questões também relacionadas ao reino.

– Nós precisamos de você, Pedro.

– Isaac, deixe-o em paz quanto a isso – interrompeu Gail, ao caminharem pelos corredores do castelo. – Ele já ouviu da rainha tudo o que precisava. A decisão é dele.

– Não, Gail. Estamos juntos nessa!

A garota e o albino se admiraram da maneira firme e decidida com que Isaac se impôs.

– Não pedimos para estar aqui, mas encontramos os Objetos de Poder. Queiramos ou não, nossas vidas agora se conectam – continuou ele.

– E onde Aurora entra nisso? Onde fica sua preocupação com a conexão que ela tem conosco? – perguntou Pedro, de maneira desafiadora.

Isaac não soube o que responder, então mudou de assunto.

– Vocês não notaram? Algo muito estranho vem acontecendo bem aqui, na capital do reino, debaixo de nossos olhos. E a rainha parece não perceber.

Os quatro amigos pararam de caminhar.

– Olhando o resultado dos dados, sou capaz de dizer quando um evento ocorrerá. O ataque tinha que acontecer.

– Você mesmo falou que se trata de probabilidades. Não fique remoendo isso – advertiu, outra vez, Gail.

– Você e seu pai partiram desta cidade em busca de um garoto que teria encontrado os Dados de Euclides. O exército real mantém seus contatos nas partes mais longínquas deste reino. A rainha desfruta uma rede sigilosa de informações. Então, me explique como os espiões de Ignor chegaram até a mim, no mesmo instante que vocês? Sim, temos liberdade dentro deste castelo, mas sabemos que somos vigiados, principalmente para nossa proteção. Ainda assim nossos inimigos descobriram que Bátor estava em Finn, à minha procura, não foi?

– Você está sugerindo que existe um infiltrado no palácio? – perguntou Le Goff.

– Não é uma sugestão. É um fato. Os dados não indicaram cem por cento de certeza sobre o ataque, mas foi uma probabilidade muito alta de ocorrência.

– Se estão suspeitando de Porcino, esqueçam – afirmou Pedro.

Gail gostou de ver o aqueônio sair da inércia e falar.

– Como você pode ter tanta certeza? – indagou o albino, curioso com a afirmação tão categórica de Pedro.

– Apenas tenho. Nós aqueônios sabemos ler as pessoas e interpretar seus discursos.

Pedro não queria contar a eles que podia ler o pensamento dos outros e tinha lido várias vezes o que se passava na cabeça de Porcino.

– Vocês estão vendo chifre na cabeça de cavalo – alfinetou Pedro e foi embora.

– Aonde ele vai?

– Não sei, Gail – respondeu Isaac assim que viu o aqueônio desaparecer na curva da escada em espiral. – E não pretendo perguntar aos dados. Nem mesmo correr atrás dele.

A menina não entendeu se Isaac ficara chateado com o resultado equivocado sobre o ataque, com a interpretação malsucedida que tivera ou se ficara zangado com o aqueônio.

Isaac não contara a ela o que sentira em relação a Pedro na entrada da cidade quando chegavam a Corema. Ele sabia que algo de muito ruim ia acontecer com ele, caso decidisse partir em busca de Aurora.

– É possível que existam vários futuros e os dados nos mostrem apenas o mais provável?

A pergunta de Gail quebrou o clima tenso que se instaurara.

– Quanto ao futuro, eu não sei, mas certamente em relação ao passado posso afirmar que existe mais de um – respondeu Le Goff.

Isaac e Gail voltaram-se para o albino que encostara na janela para apreciar a vista e pensar sobre tudo o que viviam.

– Procurem Lisa na biblioteca do castelo. É possível que ela possua algum livro narrando as desventuras de Karin, e tudo o que ocorreu quando ele usou o Pergaminho do Mar Morto para retornar no tempo e alterá-lo.

Uma visita à biblioteca era tudo o que Isaac e Gail desejavam fazer desde que chegaram. Inclusive, naquele primeiro dia no Smiselno, receberam este convite de Lisa.

Protelaram a visita para o dia seguinte, na mesma manhã em que Le Goff também receberia uma visita surpresa em seu quarto.

No entanto, é preciso narrar brevemente os fatos que ocorreram na tarde do dia anterior à surpresa: Arnie retornara do sul de Enigma.

Bátor e a rainha Owl ficaram com pena das condições em que viram o colosso chegar à Sala do Trono.

Arnie mostrava-se exausto, visivelmente cansado, mas não reclamou da missão. Ele narrou em detalhes toda a viagem, parecia confuso pelo fato de o ataque não ter ocorrido. Recebeu os agradecimentos calorosos da rainha e depois foi para seu aposento descansar.

Não saiu do quarto até a manhã do dia seguinte, quando fez a visita surpresa a Le Goff.

– Eu preciso de um favor – disse Arnie, assim que a porta do quarto do albino se abriu.

O anão estranhou a forma tão direta e sem rodeios com que Arnie o abordou. Não reagiu como alguém que se ausentara por dias.

– Meu amigo, que bom que você está bem! Conte-me tudo o que sucedeu em sua viagem – disse Le Goff, enquanto fechava a porta. – Eu sabia que você conseguiria chegar a tempo para...

– A rainha já me falou o quanto vocês ficaram preocupados, Le Goff.

Havia certa frieza nas palavras do colosso. A maior evidência não vinha no tom em que foram proferidas, mas no fato de Arnie ter chamado Le Goff de Le Goff, e não de Le.

– Eu preciso que você me faça um favor.

– Claro. Somos amigos. Do que você está precisando? – perguntou o anão, desconsertado.

– Do Pergaminho de Mar Morto.

O anão balbuciou algo como se fosse dar uma resposta imediata.

– Eu quero que você me empreste o Pergaminho para eu descobrir o que realmente aconteceu com Aurora.

– Ora, Arnie. Isso eu posso verificar e dizer a você.

– Não! Pedro pediu que eu mesmo o fizesse.

Os olhos de Le Goff semicerraram-se como o de uma serpente. Ele inclinou a cabeça para o lado, pensativo e falou:

– Você veio me pedir um favor para Pedro. Lógico!

O colosso foi analisado dos pés à cabeça.

– Interessante, Arnie.

Quando o gigante deixara de confiar no anão? Le Goff se fez esta pergunta.

– Eu prometi a ele.

O albino avaliou com mais cuidado o colosso à sua frente.

– E por que ele mesmo não veio me pedir?

– Por favor, Le Goff, vamos facilitar as coisas.

Nesse momento, o anão quase interrompeu o gigante para lhe perguntar o por quê de ele o chamar daquela maneira tão formal.

– Não é mais segredo para ninguém que Pedro almeja deixar este castelo. Vamos dar a ele, pelo menos, a chance de saber onde Aurora se encontra e o que realmente a fez partir.

–Arnie, Arnie, Arnie… imagino o quanto de sacrifício foi para você viajar tantos quilômetros em tão pouco tempo; dispor-se a salvar pessoas que sequer conhecia. Admito que você é, de fato, admirável, meu amigo.

– Então, me dê o Pergaminho.

O pedido soou estranho para Arnie, que em vários momentos da jornada até Corema compartilhara seus braceletes de poder com o anão, sem qualquer cerimônia ou questionamento.

– Certamente você o terá, mas antes eu também tenho um pedido a você.

O que significava aquilo? Arnie não acreditou que Le Goff estava negociando com ele.

– Quero que você mande um recado para o aqueônio: um dia eu cobrarei dele este favor.

Era de fato uma negociação.

"Um dia" parecia um tempo muito distante. Arnie apenas teve a impressão de que Le Goff já sabia o que pediria a Pedro em troca do favor. Todas as ações, atitudes e pensamentos do albino pareciam ser premeditados.

As mãos pequenas do anão alado tiraram o pergaminho da bolsa, que estava sobre uma mesa no centro do cômodo, e o entregaram ao colosso.

Imediatamente quando Arnie segurou o Objeto de Poder, as paredes do quarto desapareceram e uma nova realidade tomou forma à sua volta. Ele retornara no tempo, no momento em que o grupo começou uma tremenda discussão no Pântano Obscuro.

*– Qual mesmo é o poder básico de seu Objeto, garoto?*

*Com muita altivez, Le Goff interrogava Pedro. Todos perceberam um tom desafiador e afrontoso na pergunta do anão.*

*– Poder básico do meu Objeto? Agora você se tornou um estudioso deles...*

Na frente do Arnie que viera do futuro, na escuridão do pântano, estavam Huna, Aurora, Isaac, Gail, Pedro, Le Goff, Bernie e o Arnie do passado. A contenda estava prestes a começar.

Viagens como aquela já não eram mais novidade para Arnie. O que mais o assustou foi algo sobrenatural que ele viu junto ao grupo. Algo que não devia estar lá, ou, pelo menos, se estivesse quando tudo aconteceu, não foi percebido antes.

# A Montanha da Loucura

Havia mais dois seres próximos ao grupo. Não eram *goblins* escondidos. Nem pertenciam à dimensão do passado.

Ambas as figuras, de estatura e características semelhantes às humanas, eram altas e possuíam auras. Uma delas vestia um manto branco resplandecente e usava uma coroa circular. A outra vestia uma túnica negra, e as pontas de sua coroa, em forma de letra "U", elevavam-se em sua fronte, formando pequenos chifres.

Impressionado com o que via, o Arnie do futuro demorou um tempo para perceber que estava diante de dois anjos e que ele não podia ser visto por ninguém naquela fenda temporal. Nem mesmo pelos seres angelicais.

– Você sabe que eles não conseguirão, Gabriel – falou o anjo com manto negro.

Gabriel desembainhou sua espada.

– A palavra final vem de Moudrost. E ele diz que a vitória não está com vocês, Azazel.

– Hastur nos livrará do confinamento – disse o rival de Gabriel, olhando para as estrelas no céu. – O alinhamento dos astros ocorrerá e o portal será aberto.

Gabriel manteve-se calado.

– O *que isso interessa agora?* – *perguntou Aurora.*

Quando a fada fez a pergunta para o anão albino, Azazel levantava sua espada para apontá-la na direção de Le Goff.

Com intrepidez, Gabriel desferiu um golpe e as espadas se tocaram. Energia faiscante saía delas ao se colidirem em luta.

Azazel foi lançado para trás, mas não perdeu tempo. Gritou o mais alto que pôde:

– Bizarros! É isso o que vocês são!

Na linha de tempo do passado, onde o grupo de possuidores dos Objetos se encontrava, Le Goff respondeu a Aurora:

– *Devem existir regras para essas bizarrices acontecerem.*

Era como se Le Goff tivesse escutado o demônio e reproduzido sua sugestão sobre eles.

Naquele momento a discórdia se iniciou no Pântano Obscuro, no instante em que a luta começou a ser travada entre Gabriel e Azazel.

Enquanto o anjo de branco desferia golpes de espada contra Azazel, este gritava para Le Goff, como se sussurrando em seus ouvidos ofensas e pensamentos ruins sobre seus companheiros de jornada.

– Bizarros!

–*Afinal, o que somos, senão seres bizarros?* – insistiu Le Goff como que ecoando as palavras do demônio. Azazel riu para Gabriel e lhe disse:

– Milhares de anos no confinamento maldito nos fizeram aprender alguns truques. Se não podemos tocá-los, ao menos, podemos influenciá-los.

A gargalhada estridente e macabra de Azazel ecoou, mas somente o Arnie do futuro e Gabriel puderam ouvi-la.

– Esse anão cheio de soberba mereceu nascer aleijado! – gritou o anjo mau e, ofensivamente, suas palavras foram reproduzidas por Pedro à sua maneira.

– *Talvez tenha nascido como merece. Ou acha que não percebemos que não possui asas?*

Arnie sabia, exatamente, tudo o que ia acontecer com o grupo de resgate do paladino. Por isso não prestou atenção ao litígio e às provocações feitas por Le Goff.

Embora tenso, o gigante do futuro manteve-se também fascinado, assistindo aos anjos se digladiarem.

No passado, Le Goff expunha o relacionamento juvenil de Huna com Bátor e gerava mais provocações e contendas.

Quando Gabriel desarmou Azazel, algo impressionante ocorreu: Isaac gritou para que todos parassem de brigar.

– *Vocês não percebem? Estamos nos desviando do propósito que nos trouxe aqui.*

Os anjos se aproximaram da boca do abismo por onde o grupo de resgate, mais tarde, acessaria o covil dos *goblins*. Eles trocaram algumas palavras, porém Arnie não conseguiu escutar direito, mesmo com sua superaudição, porque voltou a atenção novamente para os amigos, que agora se achavam cercados pelos insidiosos seres que habitavam as profundezas do Pântano Obscuro.

A batalha com os *goblins* ocorreu.

Arnie não sabia se acompanhava a luta entre os anjos, que recomeçou, ou a de seus amigos. Ele fora até ali para tentar escutar a conversa que Huna teria com Aurora no momento em que o grimório da fada mãe fosse entregue à filha.

No entanto, não imaginava encontrar os seres angelicais. Acabou se esquecendo do verdadeiro propósito de sua viagem.

Azazel estendeu a mão na direção da espada que lhe fora arrancada. A arma atravessou o ar, atraída por uma força sinistra, e o punho da arma parou exatamente nas mãos do demônio. Ele deu um salto muito alto e asas enormes e belas explodiram por trás de suas costas.

A cena foi semelhante à que o gigante assistira quando Le Goff usara seus braceletes e tivera seus penachos restaurados para o voo.

O anjo do mal deu um voo rasante. Havia ódio em seu olhar e fúria em suas ações.

Ele avistou Le Goff correndo no mato rasteiro, tentando se esconder dos *goblins*. E, antes que Gabriel conseguisse impedir, o demônio passou como um cometa na frente do anão, desequilibrando-o e lançando-o no abismo.

O Arnie do futuro se arrependera de ter retornado àquele momento no tempo. Quando aquela cena ocorrera da primeira vez, ele só conseguia ouvir os pedidos de socorro de Le Goff. Dessa vez, ele podia vê-lo desesperado, agarrando-se às raízes secas e expostas que saíam da beira do precipício.

Le Goff ficara dependurado e não resistiria. Sua queda e morte eram certas olhando da perspectiva do gigante do futuro.

Quando as raízes quebraram nas mãos do albino, o que pareceu salvá-lo foi o bater intermitente de suas irregulares e diminutas asas, que lhe saltaram do tecido da camisa. Não pareceu propriamente um voo. Foi como se ele recebesse apenas um empurrãozinho.

E, de fato, foi o que aconteceu. O Arnie do futuro dera-lhe um empurrão para que ele conseguisse subir. O gigante do futuro salvou o anão da queda. Sequer pensou nas consequências de seu ato.

Imediatamente, Gabriel e Azazel cessaram a luta e olharam ao redor. Era como se eles sentissem a presença do viajante do tempo. Ainda assim, não o enxergaram.

– Hastur! – sussurrou o anjo do mal.

– Nem de longe foi ele que fez isso – respondeu Gabriel. – Alguém alterou a malha temporal.

O enorme corpo de Arnie começou a tremer de medo. Ele não desejava ser visto pelos anjos e também não fazia ideia do que tinha feito, sabia apenas que não fora algo correto.

Gabriel viu o albino surgir da beira do abismo, ileso, vivo.

– O anão deveria estar morto!

Azazel não sabia se estava diante de uma boa notícia para os Deuses Exteriores, quando declarou aquilo.

– Outra pessoa será levada – completou Azazel. – Quem fez isso? Moudrost?

Gabriel não respondeu. Procurava no descampado algum sinal que lhe explicasse o que acontecia.

Arnie olhou para seus amigos reunidos na boca do precipício. Eles finalmente venceram os *goblins* e encontraram a entrada para o covil. A história prosseguiria como já conhecida, mas o gigante parecia confuso. O que ele havia feito? Por Mou! Era para Le Goff ter morrido, despencado no abismo. Mas, não, o gigante interferiu na história. O futuro se reescreveria a partir daquele instante.

Aflito e desorientado, o colosso pediu ao Pergaminho que o levasse de volta ao presente. Temia ser descoberto pelos anjos, temia provocar outras alterações no tecido do espaço-tempo.

No instante seguinte, Arnie olhava novamente para Le Goff no quarto do palácio.

O anão notou a perturbação em seu amigo. Pareceu-lhe repentina, mas ele sabia que o gigante podia ter passado horas na outra dimensão.

– Arnie, o que aconteceu?

Ainda trêmulo, suava muito. Devolveu o Pergaminho ao anão e assentou-se no chão.

Le Goff trouxe-lhe água, pois ele não falava nada. Ele bebeu e ficaram um tempo calados.

O anão, curioso, queria saber o que acontecera. O que fora capaz de deixar o gigante tão abalado, trêmulo como uma vara verde?

Aquele olho único na face do gentil colosso sequer conseguia mirar os olhos do albino. Le Goff sabia que seu amigo estava com os pensamentos acelerados, processando a viagem que fizera. Então, arrependeu-se de ter-lhe entregado o Objeto.

Por fim, quando Arnie se dispôs a falar, suas palavras causaram horror e espanto:

– Eu matei Huna! Eu a matei, Le Goff! Eu matei a fada!

Estarrecido com o que acabara de escutar, Le Goff tropeçou para trás e caiu sentado no chão. A revelação do gigante era assustadora, ainda que incompreensível. Como aquilo poderia ter ocorrido?

– Quando chegamos a Corema, dias atrás, eu via Huna e Aurora, quando, na verdade, você e Lisa montavam o cavalo. Isso aconteceu no momento que o poder dos meus braceletes se uniu ao da Pena de Pedro, que também estava em minhas mãos.

Le Goff ficou surpreso em saber da intimidade entre o aqueônio, o gigante e seus Objetos.

– O que eu enxergava naquela ocasião era um futuro paralelo, onde você não existia mais. Não era para você estar hoje aqui, Le. Eu o salvei de cair na cratera do Pântano Obscuro e morrer, na entrada do covil dos *goblins*.

O anão gelou, ouvindo Arnie ficar repetindo o fato.

– Era você que deveria estar morto, mas eu o salvei, quando retornei no tempo. Com isso, a fada foi levada em seu lugar.

# O ARQUIVERSO E SUAS DIMENSÕES

Arnie narrou outra vez a Le Goff a experiência com a Pena de Emily na entrada da cidade de Corema: os olhos do gigante avistaram Huna e Aurora no lugar do albino e de Lisa. O gigante repetia a história, totalmente incrédulo.

O albino percebeu, mais do que nunca, a necessidade de todos os possuidores dos Objetos se reunirem para uma conversa. Mas Arnie relutou. Via-se assustado pelo que fizera. Huna morrera por sua culpa e ele ficava se perguntando sobre as consequências por ter alterado a história.

Diante da inércia do gigante, Le Goff foi quem tomou uma decisão.

– O que fazem aqui? – perguntou Pedro ao abrir a porta de seu quarto e ver Arnie e o albino.

– Precisamos nos reunir. Somente nós, os possuidores – explicou o anão.

O aqueônio olhou para Arnie e este, sabendo que seu amigo lia pensamentos, lhe falou por meio do olhar.

"Ele me emprestou o Pergaminho, mas eu ainda não descobri nada sobre o paradeiro de Aurora."

Com astúcia, e imaginando que conseguiria convencer Pedro, o albino soltou a informação mais valiosa que possuía no momento:

– Bem ao norte da Floresta Negra existe um conjunto de terras elevadas, o Planalto de Gnson. Embora seja um planalto continental, com alturas niveladas e algumas escarpas em sua extensão, muitos o consideram uma montanha. Ele é conhecido como a Montanha da Loucura – Le Goff percebeu que prendera a atenção de Pedro. – Nele várias fontes de águas dão origem aos rios: o que desagua na baía de Norm; o Rio do Norte, que corre sempre na direção de seu nome e também o Rio das Sombras, que desce e atravessa a Floresta Negra antes de desaguar no Mar do Leste. Pouco abaixo do cume existe um gigantesco lago. Ele é tão extenso que, muitas vezes, é quase impossível enxergar a ilha que existe no centro de suas águas. Qualquer anão alado que sobrevoe a Montanha da Loucura o vê. Aurora está nessa ilha.

Pedro ficou agitado. Desprezando os conceitos geográficos e a denominação cultural que o anão dera sobre a localização da fada, a mente do aqueônio imediatamente começou a pensar em uma forma de chegar até lá.

Arnie percebeu a esperteza do anão ao fornecer a informação para Pedro justamente naquele instante. Le Goff era bem mais astuto do que demonstrava.

Desde quando o albino sabia sobre Aurora?

Sem se intimidar pela ajuda que recebera do anão, Pedro enfatizou que não seguiria com ele para se reunir com Isaac e Gail.

– O que precisamos resolver é maior do que nossas diferenças – insistiu Le Goff, quase revelando que fornecera a informação sobre Aurora a fim de fazê-lo seguir com ele.

– Eu não estou nem aí.

O coração de Arnie desfaleceu ao ver a intransigência de Pedro.

– Espero que você mude de ideia e nos encontre na biblioteca – disse o anão.

Mas, antes que Le Goff e o gigante dessem as costas, Pedro os surpreendeu:

– Arnie! Eu preciso conversar com você. Agora.

Um impasse se instaurou.

O gigante olhou para Le Goff e depois para Pedro. Por fim, tomou uma decisão.

– Eu também não irei, Le.

O anão não se deixou dominar pela frustração, mas sua mente tentou entender o que fizera Arnie escolher o aqueônio. O gigante retornara mudado de sua viagem ao sul de Enigma.

Le Goff foi tomado por um sentimento de rejeição mais profundo do que em qualquer outra vez, quando o classificaram como aleijado por não possuir asas.

No entanto, antes de fechar a porta do quarto, Pedro disse algumas palavras, que evidenciaram que nada daquilo era pessoal.

– Obrigado por me fornecer a localização de Aurora.

Não houve tempo para que o anão dissesse "por nada". A porta se fechou.

No quarto de Pedro, Arnie sentou-se em uma cadeira gigante. O aqueônio lhe perguntou se corria tudo bem. E mesmo se Arnie quisesse mentir, sabia que o amigo poderia ler seus pensamentos.

Então, mais calmo, o gigante narrou novamente tudo o que aconteceu quando retornou no tempo. Ficaram horas conversando. Pedro também perguntou sobre o ataque abortado no sul do continente.

No fundo, o aqueônio não queria saber sobre nada daquilo, mas precisava primeiro acalmar seu amigo gigante, antes de tocar no assunto, por isso demonstrava falso interesse nas viagens de Arnie.

Pedro retirou o chapéu e o colocou sobre a mesa de centro. O olho do gigante acompanhou o gesto, focando na pena que fora deixada de lado, fincada no chapéu. Havia intenções naquele ato.

– Você me levará até o pico do Planalto de Gnson.

O colosso entendeu. Pedro queria mostrar que não o obrigaria a levá-lo até Aurora, por isso pusera seu chapéu sobre a mesa.

– Fale alguma coisa, Arnie. Estou sem a Pena, não posso saber o que se passa em sua cabeça.

– Tudo bem. Eu o levarei, mas não sei como – Arnie mentiu.

– Você correu muitos quilômetros em menos de um dia até o sul da Floresta de Sal.

– Eu fui sozinho, não carreguei bagagem alguma...

– Não se preocupe quanto a isso. Tenho um plano!

O gigante sentiu um calafrio. Ele gostava de Pedro, queria muito ajudá-lo, mas também não queria se separar do grupo de possuidores, não queria desobedecer as ordens da rainha Owl.

Afoito, Pedro colocou novamente o chapéu e chamou Arnie para que pudesse ver algo.

Caminharam, cautelosamente, até o último cômodo.

No aposento, entre o baú de roupas e a estante com espelho, ao lado de um amontoado de cordas, um lençol enorme escondia algo inicialmente imóvel. A coisa oculta balançou assustando Arnie, que ouviu também um ruído estranho. Tudo voltou a ficar imóvel. Passado um tempo, a coisa se agitou novamente.

Num movimento instintivo, o colosso retrocedeu.

– O que tem ali?

Pedro se aproximou da estante, apreensivamente, e removeu o lençol. Arnie não acreditou no que seu olho viu: um gato alado, cinza, aprisionado em uma gaiola. A mesma que um dia atrás Le Goff usara na tentativa de capturar o animal no pátio.

O espanto tomou conta do colosso. Ele se lembrou de sua amiga Fany e do que ela causara, certa vez, quando aprisionou um aqueônio para fazer travessuras com ele.

– Por que você fez isso, Pedro?

– Independente da distância em que nos encontremos de Aurora, esta é a forma mais rápida de chegarmos a ela.

– Montados em um animal alado. – Arnie achou curiosa a falta de raciocínio de Pedro e continuou: – Certamente não aguentará meu peso.

– Não o montaremos, Arnie. Você se transformará em um e eu o montarei.

Embasbacado, o colosso sequer cogitou que aquilo fosse uma brincadeira. Pasmo com o plano de Pedro, pensou que seu amigo tivesse enlouquecido. O isolamento, o afastamento durante todos aqueles dias, a dor... o que estava acontecendo com o aqueônio?

– Estou falando sério. Eu preciso de sua ajuda, Arnie.

Arnie nada falou.

– Pare de pensar que estou ficando doido.

Relutante, o gigante não teve opção. Pedro insistiu ainda mais, fez Arnie se lembrar que lhe dera sua palavra.

Minutos depois, lá estavam eles, em uma situação extremamente embaraçosa: Arnie encarando o gato alado, tentando uma conexão para fazer com que seu corpo se metamorfoseasse em um felino de asas.

O animal preso ameaçava com seus dentes avançar, mas sabia que as grades não se moveriam. A jaula fora bem amarrada.

– Não é assim que funciona, Pedro. Você sabe disso.

– O que sei é que você possui esses poderosos braceletes e, quando eles estão próximos de outro Objeto de Poder, você é capaz de se transformar no que quiser. Vamos! Continue tentando, você conseguirá.

– Eu não me transformo no que quiser. Você sabe que não é assim.

– Você pode me dar desculpas ou uma solução. É o único jeito de chegarmos rápido até Aurora, Arnie.

A verdade é que nada acontecia.

Enquanto o gato alado desesperadamente arranhava as grades da jaula, Arnie continuava fitando-o como uma estátua, prendendo a respiração. E Pedro aguardava a metamorfose acontecer.

Em certo instante, o corpo do colosso se contorceu e sua boca se projetou para frente, mas não pareceu formar o rosto de um felino. Penas surgiram por todo seu corpo. Não os pelos dos felinos. Arnie se transformara em uma arara.

A reação de Pedro, inicialmente, foi de espanto. Em seguida, ele começou a rir muito.

A arara bateu as asas desengonçadas, denunciando o gingado do gigante.

Em outra tentativa, Arnie se transmutou para a forma de um pombo. E depois para a de uma galinha. Sempre apareciam asas com muitas penas, mas nunca um corpo peludo e grande como o de um leão, leopardo ou gato alado.

Somente quando percebeu que seu amigo estava se sentindo muito infeliz, Pedro o deixou parar. A diversão que Pedro sentiu nas transformações malsucedidas de Arnie cessou, quando leu no olho do colosso o sentimento de impotência e frustração. Havia muita tristeza nos pensamentos do gigante.

\* \* \*

Naquela mesma hora, na Biblioteca Real, Le Goff se encontrava com Isaac, Gail e Lisa.

– Que fofo! Você veio me visitar, Lili – exclamou a bibliotecária.

O albino não resmungou, mas também não agradeceu a demonstração de carinho.

– Preciso saber se Isaac e Gail estão por aqui.

– Oh, sim. Estão há horas na seção de matemática estudando. Como são inteligentes!

– Matemática? Eu falei para eles procurarem... Ah, deixa pra lá. Preciso que você me traga O *Livro das Desventuras de Karin.*

– Ai! Eu adoro este livro. Fantasia, fantasia e mais fantasia, o ano que viajava no tempo. É um dos meus favoritos, sabia? Talvez não seja de seu conhecimento, mas venho organizando uma coletânea de contos que pretendo publicar em breve: *Contos de Lisa, a bibliotecária anã.* E certamente incluirei uma história retirada do livro de Karin...

– Lisa! – interrompeu Le Goff – Tenho pressa. Você poderia me ajudar com isso?

Sem se constranger por ser interrompida, como sempre demonstrava fazer, a bibliotecária continuou tagarelando, mas pôs-se a caminhar na direção das primeiras prateleiras do enorme salão.

A Biblioteca Real guardava os mais antigos livros de escritores de todas as tribos e raças de Enigma, assim como outros tantos de autores desconhecidos de terras distantes. Possuía o maior acervo literário do reino. Tudo catalogado e muito bem preservado. Alguns títulos possuíam réplicas para pesquisas eventuais e empréstimos.

Lisa era a bibliotecária mais zelosa que Le Goff já conhecera. E isto ele precisava admitir. Ela era fonte de inspiração para todas as demais.

Le Goff avistou Isaac e Gail em uma das mesas.

Antes que Lisa retornasse, o anão adiantou a seus amigos tudo o que havia ocorrido com Arnie e, ainda, sobre o paradeiro da fada.

Gail encarou Isaac com severidade e manifestou assombro:

– O gigante foi capaz de alterar o passado? Esses Objetos... eles são mais poderosos do que poderíamos imaginar. Sinto muito por Arnie – lamentou-se a garota, pensando agora em seu amigo. – Ele não pode se culpar pela morte de Huna. Como poderia saber o que fazia? Ele queria apenas salvá-lo, Le Goff.

O albino engoliu em seco.

– Você não devia ter contado ao Pedro onde Aurora se encontra – disse Isaac, preocupado.

– Eu não nasci ontem, garoto. Você sabe do que um homem apaixonado é capaz? Aquele moço deixará este castelo em breve, com ou sem nossa ajuda. Ele fará de tudo para reencontrar a fada.

– A própria rainha já demonstrou saber disso. Basta lembrarmos as palavras dela – ratificou Gail.

– Então, qual o problema de o ajudarmos? – perguntou Le Goff.

– A rainha também deixou claro que no passado os possuidores de cada Objeto foram caindo um a um por causa da desunião entre eles. Vocês não percebem? Está acontecendo tudo de novo – explicou Isaac, agora referindo-se a Pedro. – Tenho vivido maus pressentimentos. Algo ruim o espera.

O matemático retirou os dados do alforje e os lançou sobre a mesa. Eles emitiram um brilho repentino e passageiro e caíram com números grandes estampados nas faces superiores.

Gail e Le Goff compreenderam que o objeto de Isaac lhe mostrava um perigo eminente contra a vida do aqueônio.

Lisa surgiu como um fantasma, anunciando que encontrara o livro com as histórias de Karin.

– Demorei um pouquinho... não me contive. O *Livro para crianças das Altaneiras* estava ao lado deste e, lógico, bateu aquela vontade de ler novamente o "Conto dos Anões Siameses". Como se trata de uma história curta e eu leio com certa rapidez, não me segurei. Por Mou! Quanta sabedoria naquela pequena história! Também entrará em minha coletânea. Vocês conhecem, não conhecem?

Isaac, Gail e Le Goff nada responderam. Lisa era exageradamente prolixa, mas também divertida, o que ajudou a quebrar a tensão da conversa sobre o gigante.

Lisa percebeu que interrompera algo muito importante. Ela estava curiosa, queria saber do que se tratava, mas, acima de tudo, era extremamente profissional. Sendo assim, deixou-os reunidos.

*O Livro de Álgebra de Euclides* foi fechado sobre a mesa. Mas, antes que Isaac o deixasse de lado, Le Goff viu em uma das páginas um desenho que o fez lembrar da Sala do Trono. Era um desenho de números crescentes no formato de uma espiral, semelhante ao desenhado no piso da Sala do Trono.

– Estamos falando de viagem no tempo e suas consequências, e você não desgruda dos livros de matemática, Isaac!

– É exatamente sobre isso que estávamos lendo, Le Goff. A matemática está presente em tudo, inclusive nas viagens temporais – corrigiu o matemático. – Enquanto estudava a previsão de ocorrência de números primos em uma sequência matemática, Euclides também considerou a fórmula de Euler, outro matemático, para a construção dos Dados, que nada mais são que poliedros.

Gail complementava a explicação de Isaac ao albino.

– Observe o dado de seis lados – disse ela, apontando para o objeto, que permanecera sobre a mesa. Então, pegou uma folha em branco e começou a escrever matematicamente o que dizia. – Ele possui seis faces, doze arestas e oito vértices. Toda vez que subtraímos o número de arestas e somamos o número de vértices do número de faces de um poliedro convexo encontramos o número 2. Isso implica dizer que a relação dessas três variáveis (F, A e V) é um *invariante*. Não importa o quanto alteramos as demais variáveis antes do sinal de igual, o resultado sempre continua o mesmo.

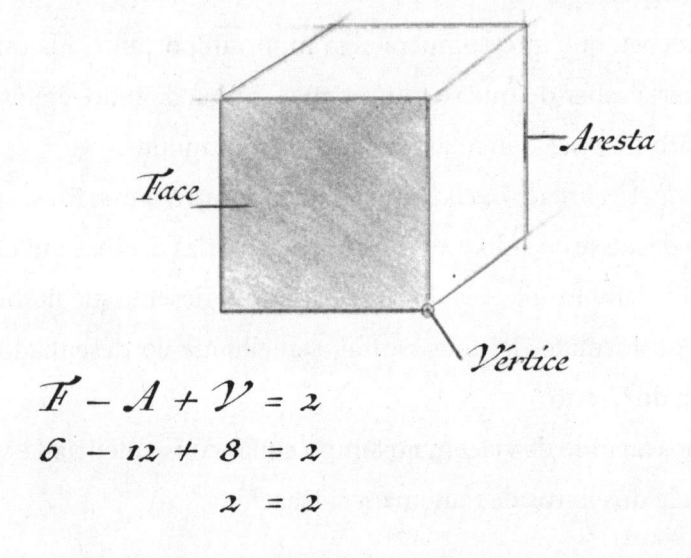

$$F - A + V = 2$$
$$6 - 12 + 8 = 2$$
$$2 = 2$$

Por certo, aquele modesto cálculo algébrico, rabiscado pela garota, não significava nada para o anão, por isso ele não expressou espanto ou curiosidade. No entanto, Isaac tomou a frente da conversa, tentando explicar de maneira simplificada o que Gail falava.

– Você acabou de nos dizer que Arnie modificou o passado, salvando sua vida, e por isso Huna morreu. Ainda que troquemos os sujeitos do lado esquerdo da equação, o resultado, invariavelmente, sempre será o mesmo. Huna foi levada para equalizar o que está por vir. A morte é uma invariante da vida. Por algum motivo teríamos que lidar com ela, fosse a sua morte ou a da fada. E isso significa falarmos também do futuro. Ele já existe, sempre existiu, na forma de possibilidades. Porém, algumas situações, independentemente do caminho que a história venha seguir, jamais deixarão de ocorrer.

Isaac pegou a folha de papel da mão de Gail e começou a desenhar.

– Nesta biblioteca existem livros únicos, não encontrados em nenhuma outra biblioteca do reino de Enigma. Este é um deles e eu não o conhecia. Usarei para você os mesmos termos técnicos que Euclides usou neste tratado sobre a matemática do espaço-tempo – Isaac bateu na capa do livro que acabara de fechar.

Gail havia lido os textos junto com Isaac, mas nem por isso deixou de ficar excitada com as explicações que novamente escutaria.

– O que a maioria dos estudiosos não percebe é que a fórmula de Euler trata de dimensões espaciais. Vértices (V) são pontos, que possuem dimensão zero. Arestas (A) relacionam-se com retas, que possuem dimensão igual a um. E, finalmente, faces (F) são polígonos, de dimensão igual a dois. Com o que ouvimos Arnie contar sobre a viagem que fez ao passado, tudo agora faz mais sentido. Imagine que esta linha seja nossa história. O tempo flui para a direita. E neste ponto L você morre.

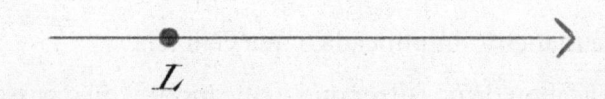

$$\xrightarrow{\quad\bullet\quad}$$
$$L$$

– A história prossegue. Huna permanece viva e Aurora está conosco. Mas, quando chegamos ao ponto A, nosso bondoso amigo gigante retorna no tempo e o salva, Le. Ele poderia retornar por qualquer outro motivo, talvez nunca o saibamos ao certo, porque esta linha não se faz mais acessível a nós. Ou apenas não sabemos como acessá-la. Tudo bem. Quando Arnie faz isso, uma nova história começa a ser escrita. Só que as coisas se corrigem e Huna morre em seu lugar. Nós vivemos nessa nova linha temporal. A anterior é chamada por Euclides de *protoverso*, pois é a que originou a nova, denominada de *epiverso*. Teoricamente, novas possibilidades surgem todas as vezes que alguém consegue alterar a história que deveria ser escrita.

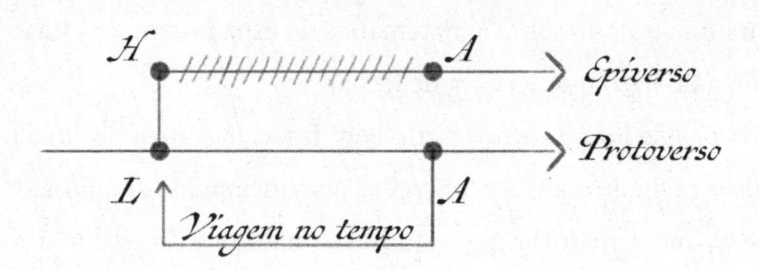

– Inacreditável! – admirou-se o anão. – Arnie retorna no tempo. Mas em algum momento, na nova linha temporal, ele precisa saber que a viagem ocorreu. E deve ser correto afirmar que foi exatamente no ponto A, quando a viagem se realizou. Do ponto H ao ponto A, é possível que ele, somente ele, consiga acessar ambas as linhas e ver as duas realidades acontecendo. Talvez por meio de sonhos, lembranças estranhas ou o que costumamos chamar de *déjà-vu*, não sei. Mas faz sentido, agora, o que ele narrou.

– O passado, assim como o futuro, não quer ser alterado e fará de tudo para corrigir o fluxo da história – sussurrou Gail.

– Euclides morreu antes de completar seus estudos, mas ainda descreveu matematicamente a possibilidade de existência de várias outras dimensões. Essas duas linhas de tempo podem ser classificadas como *antiverso*, uma em relação à outra – explicou Isaac apontando para seu desenho. – O *protoverso* é também um *hipoverso* do *epiverso*, porque fica abaixo deste. É uma questão de prefixos linguísticos. Sendo assim, *hiperverso é* aquele que se coloca acima dos demais.

– Fascinante! – bradou Le Goff, levantando o livro que Lisa lhe entregara. – Karin estava certo quando falou que causou um desastre ao interagir com o passado.

Um olhar de tristeza se desenhou na face do anão albino. Seu silêncio deixou Isaac e Gail perturbados.

– O que foi, Le Goff?

– Estou pensando em Arnie. Não tenho agido da forma correta com ele, Gail.

A menina se surpreendeu em ouvir aquela confissão vinda do alado. Não fora como no pântano quando, pensando em seu próprio bem, Le Goff tentara demonstrar preocupação em relação ao resgate do paladino, logo depois de ter disseminado discórdia entre o grupo.

– É tocante de sua parte se preocupar agora com o colosso. Ele sempre deixou claro que gosta muito de você. E você sempre deixou claro que não se importa com isso. Assim como faz com Lisa.

As palavras de Isaac rasgaram o coração de Le Goff.
O matemático percebeu que não deveria ter falado aquilo.
– Desculpe-me. Eu não quis dizer isso.
Os olhos do anão marejavam.
– Talvez eu precisasse escutar suas palavras. Você tem sido um bom líder para nós, Isaac.
– Esses Objetos são poderosos e sabemos que não devemos entregá-los a ninguém – continuou o anão em tom de confissão. – Arnie me empresta seus braceletes todas as vezes que peço. Ele sabe o quanto eu gosto disso, porque aqueles braceletes me fazem voar com as asas que nunca tive e como nunca fui capaz.
Gail baixou a cabeça. Eles não perceberam, mas Lisa se aproximava do grupo. Ao escutar a voz lamuriosa de Le Goff, ela parou atrás de uma prateleira, porque não queria interromper o desabafo do anão. Dessa forma, acabou ouvindo tudo.
– E hoje, mais cedo, ele me pediu que o deixasse usar o Pergaminho. Mas eu, tão egoísta, lhe coloquei condições, relutei... Ele não precisava fazer aquilo por Pedro, mesmo assim veio até mim... e eu o tratei de forma humilhante.
Os olhos de Isaac começavam a lacrimejar também, pois ele sabia o que era ser ingrato.
Le Goff olhou para a folha com as linhas do tempo rascunhadas.
– Eu já não devia existir há um bom tempo, mas ele agiu para me salvar. E agora vai carregar o fardo de ser o culpado pela morte da sacerdotisa. – Le Goff se recordou de quando Arnie, feito louco, chamou-o de Huna na entrada de Corema. – Ele percorreu meio mundo a fim de tentar salvar um povo à beira-mar, que sequer o conhece, e a única coisa que consigo fazer é demonstrar que ele não é, de forma alguma, especial.

– Pare de se culpar, Le Goff. Você não contava com a maturidade de agora, quando agiu de todas aquelas maneiras – amenizou Gail. – Precisamos desvendar muitos mistérios e, acima de tudo, nos manter unidos. Fico feliz que você tenha percebido a tempo que precisa mudar suas atitudes.

Os dados sobre a mesa da biblioteca pareceram tremer levemente. Todos perceberam a emanação luminosa vinda deles. Gail e Le Goff olharam para Isaac esperando uma resposta; só, então, perceberam que o amigo tentava conter as lágrimas.

Um amontoado de livros desabou sobre o piso, causando um estrondo e deixando a bibliotecária vermelha de vergonha ao se expor. Lisa sorria, envergonhada, no chão. Descuidada, colocara seu peso sobre a prateleira e fizera desmoronar a pilha de livros atrás da qual se escondia.

– Desculpem-me. E acabei escutando suas últimas palavras, Lili – disse, levantando-se. – Meu querido, não deixe para depois o que você precisa fazer hoje em relação a seu amigo grandalhão. Quando se trata de perdão, gratidão ou quaisquer outras manifestações de afeto, precisamos agir o quanto antes, porque nunca sabemos se uma nova oportunidade surgirá.

– Você precisa encontrar Arnie agora, Le Goff – ordenou Isaac.

Lisa sorriu ao ser apoiada pelo matemático.

– Porque, provavelmente, será a última vez que estarão juntos.

Gail e o anão perderam o fôlego. Isaac usara a palavra "provavelmente", e eles sabiam que o amigo a costumava usar para se referir a resultados de acontecimentos futuros.

Teria sido aquilo algum tipo de revelação?

O coração do anão acelerou. Então, ele se ergueu da cadeira, olhou com gratidão para seus amigos, por terem aberto seus olhos. E, sem dizer uma só palavra, enxugando as lágrimas, deixou a biblioteca.

Lisa piscou o olho para o casal à sua frente. Sentia-se feliz pela atitude nobre do albino.

O céu ainda não se tornara dourado com a luz crepuscular, mas o pátio frontal do castelo já estava dominado pelas sombras. Le Goff o atravessou ligeiro, quase tropeçando devido aos passos largos que dava com as pernas diminutas.

As escadarias internas pareciam-lhe não ter fim. Por algum motivo, ele sentia a necessidade de se encontrar com Arnie, e tal sentimento de urgência parecia esticar o tempo.

Quando o anão perguntou a um serviçal o paradeiro do colosso, este lhe disse que ele não retornara aos aposentos. Logo, o albino compreendeu que Arnie ainda se encontrava com Pedro.

– Eles foram vistos na torre dos anões alados – respondeu uma camareira. – A rainha foi chamada para tentar impedir o aqueônio.

Le Goff ficou confuso ao escutar aquilo. Ele poderia ter feito mais perguntas, poderia ter usado o Pergaminho para voltar no tempo e ver o que Pedro e Arnie aprontavam; mas não. Le Goff decidiu correr ainda mais rápido para chegar até a torre que ficava logo acima de seu quarto. Seu coração palpitava, porque ele sabia que a loucura que tomava conta de Pedro após a morte de Huna e a fuga de Aurora poderia ter chegado ao limite do razoável.

Por que a rainha teria sido chamada para "impedir o aqueônio"?

A corrida do albino freou-se pelo espanto. Ao atingir o andar de seu quarto, ele se deparou com inúmeros soldados paralisados no corredor. Bátor era um deles. Ninguém se movia, pareciam estátuas.

Le Goff sentiu um calafrio e se aproximou lentamente tentando olhar nos olhos do chefe da guarda, mas sua altura não lhe permitia. Deu dois pulos em vão. Esticou os braços, passando as mãos na frente dos olhos de Bátor. Ninguém se mexia. Pareciam estar enfeitiçados.

Inesperadamente, os olhos do paladino se moveram, assustando Le Goff. O soldado começou a sair do transe. Aos poucos, foi se recobrando, como alguém que tenta se lembrar de um sonho escapado ao acordar pela manhã.

– Onde está Pedro?

A voz da rainha pareceu despertar os demais soldados. Ela surgiu apressada, seguida por mais soldados. Seu manto se arrastava por detrás dela, parecendo uma imensa cauda.

Recordando o que havia ocorrido, Bátor informou que o aqueônio usara o poder da Pena de Emily, ordenando que todos ficassem imóveis e não o seguissem.

Le Goff ficou ainda mais preocupado. Não estava entendendo nada.

A rainha Owl tomou a frente do grupo, subindo os últimos lances de escada a fim de atingir a área aberta onde os anões alados faziam seus pousos na torre.

Os soldados formaram um semicírculo no terraço, encurralando o aqueônio e o gigante que lá se encontravam.

– Pense bem no que você se mete, Pedro – advertiu o paladino.

– Raramente atitudes impulsionadas pela paixão desmedida conduzem a finais felizes, garoto – aconselhou a rainha.

Pedro fingiu não escutar as advertências. Ele tinha olhos apenas para o gigante, que o encarava com medo.

De maneira estabanada, Le Goff venceu os últimos degraus, alcançando o nível do terraço, quase não conseguindo puxar o ar para os pulmões. O cansaço impediu-o de falar qualquer coisa a Arnie ou mesmo ao Pedro.

Na verdade, Arnie e Le Goff trocaram um profundo olhar, mas nenhum deles conseguiu entender o que se passava na cabeça do outro.

As palavras de Lisa apunhalaram novamente a consciência do albino, conduzindo-o a um sentimento triste e desesperador de que aquela seria a última vez que ele veria seu amigo, Arnie. As palavras de Isaac confirmavam seu trágico sentimento.

Le Goff amargava com um nó na garganta.

Apavorados, todos assistiram ao aqueônio segurar bem firme seu chapéu e sua pena na mão, e se jogar do alto da torre mais alta do castelo.

# PARTE III

# A MONTANHA

Arnie não pensou duas vezes. Ele se jogou do alto da torre atrás de Pedro e, à medida que caía, seu corpo sofreu a metamorfose.

O gigante teve a impressão de que o aqueônio sabia que aquilo aconteceria. Arnie se transformara em um enorme gato alado e voou para debaixo do amigo em queda.

Já nas costas do gigante, agora na forma de um felino com asas, Pedro colocou seu chapéu na cabeça, segurando-o com a cauda para que não voasse, e soltou um grito de pura emoção.

A rainha Owl, Bátor, Le Goff e os soldados no alto da torre ficavam cada vez menores à vista deles, que se afastavam velozes das cercanias do palácio, rumo ao norte de Enigma.

Da janela da biblioteca, Lisa viu a dupla de amigos cortar o céu em um voo alto e majestoso. Incrédula, ela reconheceu Pedro. Somente mais tarde, entretanto, junto com Isaac e Gail, ficou sabendo que o animal voador era o gigante.

Corema ficara para trás.

– Eu sabia! – repetia Pedro – Eu sabia, Arnie! Eu sabia que você cumpriria sua palavra, meu amigo.

O gigante, agora com dois olhos chispantes e agudos, não revirou a cabeça para olhar o aqueônio que o montava. Singrou o céu púrpuro e amarelado sem dizer uma só palavra, o que fez Pedro achar que ele, na forma de gato alado, não fosse capaz de falar.

A viagem durou dois dias, porque Arnie não se sentia confortável em passar tanto tempo em um corpo diferente. Eles pousaram para descansar pelo menos quatro vezes ao longo de todo o percurso e, sempre que isso acontecia, demoravam-se em terra.

– Precisamos chegar à montanha, Arnie. Nós precisamos encontrar Aurora.

– Pedro, nós chegaremos e a encontraremos na hora certa.

O gigante manteve-se sério durante toda a viagem, evitando conversar. Pedro sabia que Arnie não se sentia feliz por ter sido obrigado a deixar Corema. Estava claro que as longas horas de voo cansavam demasiadamente o colosso.

– Transformar-me em algo que não sou e manter isso por muito tempo não significa algo fácil, mesmo com a ajuda dos Braceletes de Ischa.

Quando tiveram essa conversa, eles já haviam sobrevoado a Floresta Harmoniosa e as Colinas de Podam. Agora voavam sobre as campinas da Terra Aqueônia.

Pedro refletia sobre sua vida. A distância que o separava, ao norte, do Planalto de Gnson era a mesma que o levava, para leste, até Bolshoi. Ele sentia saudades de seus pais e de Isabela, sua irmã, mas sua prioridade era encontrar Aurora. Ele guardava muitas perguntas para ela. Sendo assim, a Baía dos Murmúrios não era uma opção de destino.

– Você sabe por que Emily construiu este objeto?

Arnie se surpreendeu com a pergunta. Ele olhou para a pena na mão de seu amigo e balançou a cabeça negativamente.

– Emily era professora, a maior escritora aqueônia de Enigma e criadora de um ramo da ciência, conhecido por neurolinguística.

Naquele momento, Pedro se recordou de quando ele e Isabela contaram aquela mesma história para Aurora, no Porto da Serpente, em Bolshoi. E como a fada os fizera rir!

– Você, pelo menos, sabe que meu povo foi escravizado por longos anos em sua própria terra?

– Todos em Enigma sabem, Pedro. Não preciso ser um anão alado para conhecer os horrores que a grande guerra causou.

– Existem muitas maneiras de se escravizar um povo. Os *suns* chegaram na calada da noite à Baía dos Murmúrios. Os canhões de seus navios estouravam munição na direção de Matresi. Os valeses fugiam desesperados de suas casas. Atoc Ecram mantinha uma fada aprisionada na torre do Farol de Brón. Lilibeth. Foi ela quem teceu o Manto usado por Aurora. Naquela noite, os valeses não tiveram tempo de se organizar para a batalha e, no dia seguinte, todos os guerreiros de Atoc estavam mortos e seu povo cativo.

Arnie não sabia daqueles detalhes e achou interessante ouvir Pedro contando a história.

– Nós, aqueônios, não fomos escravizados dessa maneira, Arnie. Não ouve alvoroço de canhões e armas de guerra, não houve o tilintar de metais afiados, nem derramamento de sangue. Este é o pior tipo de guerra que uma pessoa pode enfrentar, silenciosa e oculta. Aos poucos, ao longo de uma década, desarmaram meu povo até que ele se tornasse incapaz de se defender de ameaças externas.

— Como isso foi possível?

— Cassilda era uma aqueônia muito venerada e influente. Extremamente dissimulada, ao ponto de enganar até mesmo as lideranças mais perspicazes da Terra Aqueônia. Ela cresceu com Emily. Foram amigas durante toda a infância e juventude. Por isso, acredito eu, que Emily, só ela, foi capaz de desconfiar das artimanhas de Cassilda, de todo mal que sorrateiramente traria para meu povo.

— E o que ela fez de tão ruim?

— Por algum motivo, Cassilda não se adaptou à vida na capital do reino, por isso retornou para nossa terra. Lá, ela galgou a estrada para o poder e se tornou presidente do Ministério do Ensino Aqueônio. De maneira sutil, ela perverteu a língua de nosso povo e a nossa gramática, introduziu conceitos perversos em nossa cultura, disseminou crenças que aos poucos foram minando a base de nossos costumes e, por fim, legalizou práticas incomuns em nosso meio.

— Não se faz uma coisa dessas com facilidade. Eu não compreendo.

O olhar de Pedro se perdia no horizonte, pensativo.

— Chegaram a dizer que ela possuía algum tipo de magia, pois persuadia a todos. Eu digo que sua mais poderosa arma foi a paciência. Se você tenta executar um plano ambicioso de uma única vez, você falha. Principalmente, se é um plano maldoso Arnie, pois você corre o risco de ser descoberto. Ela, porém, foi paciente. Esperou seus objetivos ganharem corpo para que fossem concretizados. A maioria de nós não consegue sucesso em nossos empreendimentos porque não temos um terço da paciência que ela teve. Emily chegou a ser acusada e presa por desacatar as ordens do Ministério do Ensino Aqueônio ao tentar denunciar os planos de Cassilda.

— Foi por isso que Emily decidiu conceber a pena. Ela precisava desse tipo de poder para salvar seu povo — comentou Arnie.

Pedro sorriu ao ouvir o raciocínio rápido de seu amigo.

– Exatamente. Emily começou a estudar o poder da linguagem e da comunicação; o efeito que palavras e significados exercem sobre nosso cérebro. Ela sabia que Cassilda tinha alcançado tal conhecimento e usava-o para dominar e aprisionar a vontade das pessoas.

Arnie ainda parecia confuso em relação ao relato.

– Mas, o que ela fez de tão grave que conseguiu levar seu povo à escravidão?

Houve hesitação antes que Pedro revelasse a verdade sobre Cassilda.

– Não sei por que ela era tão paranoica em relação a isto, Arnie, mas convenceu uma geração inteira de aqueônios a arrancar suas caudas.

O gigante se assustou com o relato.

– Que coisa terrível!

– Se você, repetidamente, diz a crianças aqueônias que suas caudas são feias e que os humanos são belos, você gera insatisfação e faz com que as pobres crianças não desejem mais ser como são. Vão desejar cortar suas caudas. E se você fizer corretamente isso, como foi o caso de Cassilda, elas só saberão que foram enganadas quando já for tarde demais.

– Pedro, uma pessoa precisa ser muito má para proceder dessa forma.

Arnie estava horrorizado. Ele observou a cauda de seu amigo se mover lentamente, erguida, enquanto a apavorante história de como Cassilda destruiu seu próprio povo era narrada.

– Emily também pensava o mesmo, por isso decidiu impedi-la. Os tempos eram de aparente paz. As lideranças de meu povo foram convencidas de que nossas caudas não tinham função, que eram, na verdade, um fardo e que um aqueônio poderia ser o que ele quisesse. Mas nascemos com elas e usá-las é inato, existe um propósito na maneira como fomos criados. Assim, quando os *surfins* caminharam para dentro do continente em combate, a maioria dos soldados, frutos da geração sem cauda, não tinha sua maior arma para enfrentar seus inimigos.

Pedro explicou, referindo-se à cauda:

— Ela nos proporciona equilíbrio, velocidade e destreza acima do comum. Existe ainda um efeito moral. Não seria fácil para eu explicar para você.

— Sem os braceletes, eu sou míope e desastrado. Isso para um gigante que preza a força física, e todos os seus atributos, é vergonhoso. Tenha certeza de que sei sobre o que você está falando.

— Obrigado por sua amizade, Arnie.

O gigante corou.

— Emily não conseguiu impedir o cativeiro de seu povo... mas criou o Objeto.

Pedro confirmou com um aceno.

— Depois dos anões alados, nós somos o povo que mais resiste a abrir mão de nossos valores, usos e costumes, Arnie, porque sabemos o valor de tudo isso. Porque fomos escravizados, levados pelos *suns* para Ignor em navios que, muitas vezes, se tornavam tumbeiros. Eles nos humilhavam e nos faziam trabalhar em situações deploráveis. Em Ignor, obrigavam-nos a gerar filhos. E nossos filhos solitários, ainda que saudáveis e armados com suas caudas, continuavam escravos trabalhando para eles, porque não conheciam seu valor.

A voz de Pedro vacilou.

— Eu sinto muito por seu povo.

— Não sinta, Arnie. Porque não fomos escravizados pelo fato de sermos aqueônios — a voz de Pedro se encheu de vigor. — Escravidão não tem nada a ver com ser fada, gigante, anão ou aqueônio; tem a ver com ganância e poder, que podem ser despertados dentro de qualquer um de nós. Meu povo foi escravizado porque baixou a guarda, porque não foi mais forte do que aquilo que veio contra si, porque abriu mão do que era capaz de protegê-lo: sua própria natureza.

O colosso meditava no curioso fato de os aqueônios terem sido capazes de se mutilarem. Aquilo soava loucura. Como alguém seria capaz de arrancar um pedaço saudável de seu corpo e ainda assim se sentir feliz, perguntava-se.

– Você não sabia sobre os atos de Cassilda, não é? Porque nos envergonhamos de contá-los. Poucos livros os citam e muitos preferem colocar a culpa da escravidão no oponente que veio contra nós.

– Você daria um bom historiador, Pedro – Arnie teve a sensação de *déjà-vu*. Na verdade, ele ouvira aquilo de Le Goff, pouco antes de chegarem ao Cemitério dos Anões. – Isso mostra que não é só um anão alado que consegue passar tanta emoção ao contar uma história.

O coração de Pedro se aqueceu com o comentário do amigo.

– Nunca deixe ninguém tirar a essência do que você é, Arnie: um gigante.

Eles trocaram um sorriso conivente. A viagem já valera a pena para Arnie. E a partir daquela conversa, o colosso não demonstrou mais estar triste por deixar Corema.

Poucas horas depois eles sobrevoavam o Planalto de Gnson. A visão do alto era encantadora. O gigante viveu a leve sensação de já ter visto algo semelhante. E vira mesmo. Do alto da Cordilheira Imperial, próximo ao Cemitério Esquecido dos Anões Alados, ao contemplar o Vale dos Fossos Famintos, o colosso enxergava um labirinto formado no solo. As escarpas ao longo do planalto desenhavam caminhos semelhantes àqueles.

Já passava do meio-dia e, nas alturas, a temperatura começava a cair.

Ultrapassaram um aglomerado de morros irregulares, antes de avistarem vegetação intensa. Logo à frente, surgiu o contorno de uma gigantesca região inundada. Então, eles viram o lago.

Do alto, a distância das margens até a enorme ilha situada no centro das águas não parecia longa. Mas, sem dúvida, tratava-se de um trajeto traiçoeiro para se fazer a nado.

Mesmo na forma de gato alado, com sua superaudição, Arnie conseguiu escutar sons vindo da região inferior. Eram gritos de socorro. Gritos de uma mulher.

Quando o gigante diminuiu a altitude, Pedro também foi capaz de escutar. Então, voando ainda mais baixo, confirmaram que alguém se afogava.

Antes que pudessem se preocupar com a pessoa no lago, o inusitado ocorreu. Primeiro, Arnie escutou um som muito baixo, como se uma única nota musical fosse continuamente tocada. Ambos viram quando uma gigantesca sombra escura submersa passou por baixo da pessoa que se debatia nas águas.

Em seguida, o corpo felino de Arnie começou a se alterar. Suas asas ficavam cada vez menores, seus pelos desapareciam progressivamente. Ele ia retornando à sua forma natural de gigante, em pleno voo.

– Arnie, o que está acontecendo?

– Eu não sei. Não consigo mais me manter como um alado.

– Ainda voamos muito alto, Arnie. Você precisa nos colocar em terra com segurança...

– Vamos cair, Pedro.

Nos ares, Arnie voltou a ser um gigante e seu corpo desceu como um meteoro. Pedro se debatia em queda livre. Suas mãos, pernas e cauda, agitadas, moviam-se como tentando segurar-se no vento.

Em segundos, ambos colidiram com o espelho d'água que amorteceu o impacto da queda.

Arnie, fortalecido pelo poder dos braceletes, correu ao encontro de Pedro e o resgatou, levando-o para terra firme.

Não tiveram tempo para se recobrarem do susto, pois um ruído estridente os encheu de pavor. O corpo de um animal aquático, do tamanho de uma baleia branca, elevou-se nas águas sombrias do lago. Ele possuía dentes colossais que se abriam na boca bestial, em um corpo longo e cilíndrico como o de uma serpente.

Quando o animal tombou em direção às profundezas, sua cauda bifurcada bateu na água provocando ondas elevadas.

O silêncio provocou o pavor completo, à medida que os gritos de socorro também cessaram.

Um ser pequeno surgiu desesperado, correndo na direção dos possuidores dos Objetos de Poder. Ele tinha o tamanho de Le Goff e usava um estranho cinto com uma das pontas, longa, pendulando esticada em suas costas.

Pedro ficou apavorado quando viu a criatura. Ela possuía um rosto estranhamente deformado e um cabelo liso escuro cheio de falhas por todos os lados.

– O que aconteceu? – gritou o estranho. – Ela se afogou? O que aconteceu?

De repente, os gritos de socorro voltaram a ecoar.

Arnie, Pedro e a terceira criatura ficaram atentos.

Um volume grande de água se movia sorrateiro na direção de onde vinham os gritos. O monstro aquático tentaria um novo ataque.

– Eu falei para Matera não fazer isso! A enguia vai devorá-la – lamentou-se a criatura com rabo de cinto. – Quem são vocês? O que estão vendo na água? Me digam! Vocês estão vendo Matera?

Pedro não sabia se analisava o estranho ser ou se respondia.

Arnie não perdeu tempo. O gigante deu um supersalto e, de maneira precisa, caiu próximo a Matera na água. Uma infinidade de ondas circulares concêntricas foi gerada a partir do ponto de impacto. Submerso, o gigante viu o monstruoso animal aquático passar por ele com rapidez. Havia ódio no olhar da enguia.

– Ei, me fale, o que você está vendo? O que está acontecendo na água? Onde está seu amigo?

Bombardeado por inúmeras perguntas, Pedro não conseguiu responder nenhuma, porque seus olhos se prendiam ao movimento traiçoeiro das águas turvas do lago. Arnie e Matera haviam desaparecido.

O monstro cortara o tecido d'água na superfície e, após um salto tão majestoso quanto assombroso, mergulhou novamente, como da primeira vez.

Com o susto que a cena provocou, Pedro caiu para trás espantado.

– O que aconteceu? O que aconteceu? Me fale! – insistia a criatura com a cabeleira falha e o cinto com a ponta solta.

Aos poucos as ondas foram diminuindo e o lago se acalmando. Pedro estava atônito, não vira mais sinal de seu amigo.

Tentando se recompor do susto, o aqueônio pôde observar com mais calma a criatura pequena a seu lado. Quem era ela, afinal? O que era ela?

Pedro percebeu que não conseguia ler os pensamentos daquele ser, mas logo teve sua atenção desviada para a mão gigantesca que surgiu, repentinamente, no barranco à sua esquerda. Logo, surgiu a outra mão. Um rosto angelical apareceu, na sequência. Não parecia pertencer ao corpo daquelas enormes mãos.

Por fim, Arnie se elevou e todos puderam ver que ele carregava sobre seus ombros a linda jovem que fora salva.

– Matera! – gritou a criatura ao lado de Pedro.

O aqueônio também se alegrou ao ver que eles conseguiram escapar da enguia gigante do lago.

Arnie colocou a garota na grama e, circunspecto, encarou Pedro. Ambos olharam apreensivos para as águas, agora estáticas.

O gigante percebeu que o som contínuo de uma única nota musical cessara. Silêncio total! Então, ele atribuiu o som ao animal que fora embora.

– Tome. Coloque-a rápido! – disse a pequena criatura, entregando uma máscara para a garota.

E nesse instante Pedro percebeu que o pequeno ser também usava uma. E era isso que causava tanta estranheza em sua fisionomia.

– Eu não quero. Eu já disse. Não posso mais usar isto.

– Você não tem escolha, Matera. É para o seu próprio bem.

Constrangido, Pedro os interrompeu.

– Ei! O que está acontecendo aqui? Quem são vocês? O que era aquela coisa no lago?

Os quatro se olharam confusos.

– Quem somos nós? – inquiriu a pequena criatura.

– Desculpe-me a falta de educação – respondeu Matera. – Obrigada por me salvar – disse, trocando com o gigante um olhar cheio de gratidão.

Pedro teve a impressão de ver Arnie corar. O olho do gigante se fechou e sua boca franziu timidamente ao dizer "de nada".

– Eu sou Matera e este é Belim. Moramos na ilha. E aquela é a terrível Criatura do Lago. Mas, espere, quem são vocês? Vocês não são daqui!

Matera respondeu sua própria pergunta, em um estado de êxtase e surpresa.

– Inacreditável! – ela olhou para o céu. – Não vieram nadando...

– Nós...

Arnie mantinha-se vidrado nos lindos olhos oblíquos e negros de Matera, e em sua face rosada, não mais lívida em função do desespero pelo qual passara. Contudo, Pedro não o deixou falar.

– É uma longa história, Matera. Você não ia querer saber.

– Claro que gostaria de saber – zangou-se. Então, voltando-se para Arnie, perguntou:

– Qual o seu nome, valentão? Você é enorme.

O gigante engoliu um riso ao ouvi-la chamá-lo daquela maneira.

– Eu sou Arnie, sou grande porque sou um gigante.

– E eu sou Pedro.

A cauda de Pedro balançou erguida.

– Veja, Belim! Ele também é um aqueônio.

Arnie e Pedro se entreolharam confusos. Observaram detidamente Matera. Seus lindos cabelos negros e lisos, sua pele alva, seus olhos repuxados para as laterais do rosto.

Ela possuía todos os traços de um aqueônio, como não perceberam isso antes?

– Você é uma aqueônia? – perguntou Arnie.

– Não – respondeu. – Belim que é.

Arnie e Pedro se assustaram com a declaração de Matera e voltaram-se, confusos, para analisar Belim.

Não acreditaram no que ouviram.

O pequeno e estranho ser segurava a ponta do cinto deixada solta em suas costas. Era como se ele tentasse mostrar que aquele pedaço de couro velho desgastado fosse, na verdade, sua cauda aqueônia.

Perplexo, Pedro olhou novamente para Matera e confirmou, por meio de seus pensamentos, que ela não mentia.

Ainda mais perplexos ficaram com o que a moça falou em seguida.

– Eu sou uma giganta.

O aqueônio precisou ler outra vez a mente da garota para ter certeza de que ela não estivesse fazendo hora com a cara deles.

Matera tinha a altura de Pedro. Aliás, se dissessem que eram gêmeos, apenas a cauda dele, que faltava nela, revelaria a mentira.

– Que tipo de brincadeira é essa? – perguntou Arnie.

– Brincadeira?

– Sim, Matera. Eu sou um gigante, olhe o meu tamanho. Você não.

– Ei, ei ei! Como você pode ser tão insensível assim? – protestou Belim. – Pare de ofendê-la. Não é porque você a salvou que tem o direito de magoá-la.

– Eu? Magoá-la? Eu jamais faria uma coisa dessas. Mesmo porque...

Arnie se calou. E Pedro não precisou usar o poder da pena para saber que seu amigo se encantara com a beleza da garota. Se continuasse falando, ele diria estar encantado com tanta beleza.

O colosso, então, recordou-se de Ischa, a filha anã do rei gigante, Bene Véri. Pensou, pois, que se tratasse de um caso semelhante àquele. Mas, e Belim? De onde tirara aquela ideia de ser um aqueônio?

Pedro tentou várias vezes ler o pensamento do falso aqueônio, mas sem efeito. A máscara escondia-lhe parte dos olhos e, de alguma forma, impedia o poder da pena de se manifestar.

– Não podemos perder mais tempo por aqui. Logo os soldados do castelo estarão à sua procura. E seu pai não pode saber que você tentou fugir novamente.

– Mas quanto a eles, Belim?

– Eles não são da nossa conta. Nem deveriam estar aqui, Matera. Tome! Coloque logo sua máscara.

A garota se entristeceu ao ouvir aquilo.

– Eu não posso. Eu preciso fugir desta ilha. Prefiro morrer tentando do que continuar vivendo mascarada.

Arnie e Pedro sentiram um profundo desgosto no lamento de Matera. Ainda não compreendiam o que sucedia. O certo é que, a cada instante, a ilha lhes parecia um lugar mais bizarro e sombrio.

– Eu aconselhei seu pai. Eu sabia que aquela garota só traria desgraça para nosso povo. Olhe o que ela fez com você? Por que ele não me deu ouvidos?

– Pare! Não fale assim de Aurora.

Pedro sentiu vertigem diante da reprimenda de Matera a Belim.

– Não ouse falar novamente assim da Princesa Negra Flutuante.

– Princesa Negra Flutuante? – sussurrou Arnie, estupefato.

Por certo, falavam de Aurora Curie, a fada.

– Aurora? Você disse Aurora? – intrometeu-se Pedro.

Matera olhou surpresa para o gigante e o aqueônio.

– Vocês a conhecem?

– Sim, Matera. Somos grandes amigos – revelou Arnie.

– Por favor, mostre-nos onde ela está. Eu preciso falar com Aurora.

Matera olhou com cumplicidade para Belim. Arnie e Pedro não compreenderam o que aquela troca de olhares dizia. A garota não comentou mais nada, apenas se pôs a caminhar como quem obedece a uma ordem. Ela certamente os levaria até a fada.

Durante meia hora caminharam subindo a encosta da ilha. Nos poucos momentos em que Pedro conseguiu ler os pensamentos de Matera, não obteve informação sobre Aurora. Só encontrara tristeza em seu olhar.

A garota, segurando a máscara recebida de Belim, seguia à frente, determinada a levá-los até a Princesa Negra Flutuante. Seu semblante tornou-se fechado e infeliz. Por alguma razão, o único desejo de Matera era conseguir fugir da ilha. Esse pensamento não lhe deixava, pelo que pôde perceber Pedro.

No céu, as nuvens se amontoavam como que carregadas de chuva. O sol se punha lentamente no horizonte, anunciando o entardecer de mais um dia. A grama abaixo de seus pés tornou-se mais escura e poeirenta, à medida que se aproximavam de estruturas estranhas, espalhadas por toda parte de um terreno enorme, delimitado por uma mureta branca. Chegaram a um lindo lugar.

Ao adentrarem, Arnie e Pedro perceberam que as estruturas eram, na verdade, estátuas belíssimas de pessoas em tamanho real. Todas de mármore, reluzindo aos fracos raios do sol poente. Eles se encontravam no que parecia um maravilhoso jardim.

Havia estátuas de gigantes, aqueônios, bardos, toda sorte de seres racionais de Enigma. Eram perfeitas. Pareciam assustadoramente reais.

Matera parou e, voltando-se para seus novos amigos, apontou para uma escultura. Arnie e Pedro deram a volta para olhá-la de frente.

O horror se misturou com encanto, pois havia uma beleza inaudita na forma marmórea que brilhava diante de seus olhos. Era uma estátua de Aurora.

Pedro investigou ao redor, embasbacado.

– Está perfeita – sussurrou o aqueônio.

Belim acompanhou o esgar se formar na face de Matera. Arnie mantinha-se assustado e calado.

– O que uma estátua de Aurora faz neste lugar? – perguntou Pedro, apreensivo.

– Não se trata de uma estátua, Pedro. Esta é Aurora.

# O SÍMBOLO AMARELO

Estava tudo errado. Nada parecia realidade naquela ilha: um anão com um rabo feito de cinto, dizendo ser um aqueônio; uma linda garota, que se dizia ser uma giganta, desolada por viver prisioneira em uma ilha; agora, aquela esplêndida estátua que diziam ser a própria fada.

– Eu não entendo... – vacilou Pedro. – Como assim, "esta é Aurora"?

– Ela desobedeceu a Lista – respondeu Belim.

Pedro nada entendeu, mas um sentimento de tristeza o inundou.

– Lista? Que lista? – indagou Arnie.

– A Lista do mestre Randolph Carter.

– Meu pai – esclareceu Matera. – O líder do povo mascarado que vive aqui. Nunca ouviram falar? De onde vocês vieram?

– Sou um gigante, portanto venho das montanhas da Cordilheira Imperial – disse Arnie.

– Sou da Aqueônia, mas moro há anos na Baía de Brón – respondeu Pedro.

– Oh! – admirou-se Matera – Eu não sei que cordilheiras são essas, Arnie. E a primeira vez que ouvi sobre a Baía de Brón foi dias atrás, pouco antes de Aurora encontrar o Rei de Amarelo e ser transformada nisso.

Os visitantes estavam chocados com a ideia de que a fada tivesse realmente se transformado em uma estátua de mármore. A cada pergunta que faziam, porém, ficavam mais confusos com as respostas recebidas e mais indagações surgiam.

– Por favor, Matera, não estamos entendendo nada. É impossível alguém nunca ter ouvido falar da Cordilheira Imperial. E o que é a Lista? Quem é o Rei de Amarelo?

Belim respondeu os questionamentos de Pedro.

– A Lista é um conjunto de regras que nos protege do Símbolo Amarelo. Estrelas negras se ascenderam ao céu e luas estranhas surgiram em sonhos para o mestre Randolph Carter na noite em que ele, ainda uma criança, compreendeu como se manteria protegido contra a loucura provocada pelo Rei de Amarelo. Randolph é nosso perene mestre. Aqui na ilha vivemos em paz, se nos mantivermos obedientes à Lista. Vocês nunca ouviram falar de Hastur? Ele é o Rei de Amarelo.

Arnie e Pedro recordaram a conversa com Huna no Pântano Obscuro. Ela lhes falara sobre Hastur. Certamente, a fada morrera bem antes de revelar muito do que sabia sobre os Deuses Exteriores, sobre o *Livro dos Mortos* e sobre os Objetos Trevosos.

Matera pareceu incomodada com o fato de Belim falar aquelas coisas aos visitantes.

– Hastur é o Rei de Amarelo. Seu símbolo profano o precede e todos que o veem são levados à loucura ou transformados em estátuas – concluiu.

O aqueônio fitou por longo tempo a estátua de Aurora. O monumento era encantador, mas para ele representava tristeza. Segurou as lágrimas. Não concebia sua morte, nem mesmo a ideia de que jamais a veria novamente. A dor da tragédia, que começava a possuí-lo, foi interrompida pela chegada de dois seres colossais. Tão grandes quanto Arnie.

– Quem são vocês? – perguntou um deles, apontando uma lança na direção dos possuidores.

– São amigos, meus amigos – interveio Matera, entrando na frente de Arnie.

Pedro percebeu que os gigantes eram soldados. Eles também usavam máscaras, dessa forma o aqueônio não conseguiu ler seus pensamentos.

Pouco tempo depois, já se encontravam dentro de um suntuoso castelo diante do pai de Matera.

É impossível descrever a fisionomia de Randolph Carter, pois, igualmente a todos, naquele lugar maluco, ele também usava uma máscara: com rosto de chacal. Sua altura e volume corporal se assemelhavam aos de Bátor. Ele vestia uma túnica branca, com longos bolsos laterais, e usava um cordão com um bastão de madeira na ponta, pendente em seu peito.

O recinto para o qual os visitantes foram levados era espaçoso, com as colunas circulares sustentando um teto liso e reto. As paredes possuíam desenhos e inscrições em uma língua estranha, mas, se Pedro se aproximasse numa investigação, seria capaz de reconhecê-la. Janelas retangulares, com guilhotinas em posição aberta, abriam-se para o lado oeste do imenso lago, agora enegrecido pelo cair da noite.

Matera mantinha-se ao lado de seu pai e também vestia sua máscara: um rosto de águia. Belim, com seu rabo postiço, portava-se como um inofensivo mordomo à beira dos degraus que conduziam a uma espécie de altar. Parecia aguardar ordens.

— Por que não me surpreendo com a presença desses estranhos? — perguntou Randolph à filha, sem ao menos cumprimentá-los. — Você viu no que deu suas últimas estripulias.

Por causa da máscara não era possível saber se Matera se culpava ou aceitava de bom grado o sermão do pai.

— Senhor Randolph, nós viemos à procura de uma fada chamada Aurora... — intercedeu Pedro, com intuito de facilitar as coisas para a garota que ouvia calada a reprimenda.

— Não o chame de senhor, mas de mestre — corrigiu Belim, com um tom de voz incompreensível.

Randolph não censurou o mordomo.

— É exatamente sobre Aurora que estamos falando. Aquela garota só trouxe desgraça para meu povo e para si.

Pedro sentiu seu sangue ferver ao escutar as palavras de Carter. Contudo, decidiu permanecer calado. Via-se em uma terra estranha, com pessoas excêntricas. Precisava primeiro compreender como as coisas funcionavam por ali, antes de se expor e, de fato, saber o que aconteceu.

Arnie chegou a pensar que não fora uma boa ideia revelarem o verdadeiro motivo que os levara à ilha.

— O que ela fez de tão errado? — questionou o gigante. — Por que vocês não tiram as máscaras para conversarem conosco?

Randolph não respondeu de imediato. Desceu lentamente a escada, aproximando-se dos visitantes. Perscrutou-os de cima a baixo.

— Vejo que vocês não compreendem que Enigma se tornou um lugar muito perigoso. A rainha não reina há muito tempo e a pobreza começa a assolar o reino. Na verdade, somos a resistência que salvará este mundo, quando, Hastur, o Destruidor da Forma, o Não Gerado regressar a esta dimensão.

Um calafrio percorreu a espinha de Pedro. Nessa hora, Randolph parou de frente para Arnie e o encarou de baixo para cima, por causa da diferença de altura que possuíam.

– Com todo respeito, senhor... quero dizer, mestre Randolph, não estamos interessados nessas histórias, queremos apenas nossa amiga de volta – Pedro vacilou ao dizer as últimas palavras. Arnie notou a voz de choro.

Ele não queria aceitar o fato de nunca mais ver a fada.

Matera balançou a cabeça em forma de protesto. Parecia sofrer tanto quanto Pedro.

– Você não os informou sobre a Lista, Belim – censurou Randolph.

– Não tivemos tempo, mestre.

O serviçal agitou-se cheio de temor e começou a explicar.

– Existem três regras básicas que precisam ser seguidas neste lugar. Número um: usem a máscara. Número dois: quando a lua subir cinco graus no horizonte, recolha-se. Terceira e última ordem da Lista: jamais adentrem a mata da pedreira, domínio do Rei Chifrudo.

Arnie e Pedro estavam incrédulos. Perguntavam-se o que teria acontecido com Aurora. Por que ela fugira para aquele lugar sinistro e inimaginável nas terras do reino? E até que ponto poderiam acreditar no que diziam sobre a Lista?

– Este foi o erro cometido pela amiga de vocês – explicou finalmente Belim. – Ela caminhava rumo à pedreira à meia-noite sem máscara. Existe morte naquele lugar.

– Ela viu o Rei de Amarelo – deduziu Pedro.

– E ele a transformou em uma estátua de mármore – concluiu Arnie.

Com aquela horripilante máscara de aqueônio, Belim balançou a cabeça negativamente.

– Ela não o viu, caso contrário teria tirado a própria vida, acometida pela loucura. Certamente, ao sentir a presença nefasta da abominação etérea, lembrou-se de nossos conselhos, fechou os olhos e suplicou clemência ao mestre Randolph. Por isso, não foi acometida pela loucura, mas por não usar a máscara foi transformada em uma estátua de mármore.

Pedro achou tudo aquilo muito exagerado e até duvidoso, ainda assim, sentiu o medo percorrer-lhe o corpo. Olhou para Randolph e se perguntou por que ele próprio não narrara aqueles fatos, por que precisava de Belim como porta-voz indigesto.

O líder daquela insana comunidade perdida no meio do Planalto de Gnson parecia querer criar uma atmosfera de mistério, como se tudo não passasse de um teatro. Apesar do medo que a história de Belim causou, foi essa a sensação de Arnie e Pedro à primeira vista.

O aqueônio não conseguia ler os pensamentos de Randolph, uma vez que seus olhos se ocultavam atrás da máscara de chacal. Detestável!

Randolph moveu a cabeça e um dos gigantes que faziam a guarda do castelo aproximou-se, trazendo uma arca cheia de farrapos.

De cima do altar, Matera olhou para fora da janela, constatando que a lua se erguia no céu escuro sem estrelas. A garota parecia aflita, como se uma assombração viesse a surgir para eles.

– Não me interesso em saber como chegaram aqui. O certo é que não podem partir esta noite – disse o líder dos mascarados –, por causa do item número dois da Lista. Eu me preocupo com meus visitantes. Podem deixar a ilha quando desejarem, mas dentro do que rege a lei de meu povo.

– O que significa isto? – perguntou Pedro, olhando para a arca à sua frente.

– Pensei que Belim tivesse sido claro.

– Somente usando máscaras vocês estarão seguros. Vamos! Escolham uma – orientou o mordomo.

Um impasse surgiu. A imobilidade dos visitantes revelou que não queriam prosseguir com aquilo.

– Sofremos muito com o que aconteceu à sua amiga – insistiu mestre Randolph, desta vez, com uma voz amigável. – Leis servem para nos proteger. Embora eu considere a Lista como recomendações, não ordens, pois prezo pelo livre-arbítrio; também não desejo encher os jardins desta ilha com estátuas.

Matera saiu correndo do salão por uma porta lateral sobre o altar. Parecia avessa ao que vinha acontecendo.

Com seu olho único, Arnie encarou com suspeitas o gigante da guarda, e remexeu na arca para ver melhor seu conteúdo. Torceu para que não houvesse máscaras com um olho único na face.

– Tem para todos os tamanhos e de todos os tipos – informou Belim como que explicando ao gigante que era só procurar que encontraria a dele.

As máscaras eram jogadas de um lado para o outro, perfazendo um baú sombrio de rostos retorcidos e macabros, com olhos vazios e bocas assustadoras que se contorciam indefinidamente, parecendo gritar ou gemer. Arnie verificava uma a uma.

Belim conhecia todas, pois enfiou a mão no baú e rapidamente tirou a que serviria sob medida ao gigante.

O espanto de Pedro ao olhar para aquelas faces sem vida, enquanto Arnie as remexia, causou-lhe mal-estar. Pensou em usar o poder da Pena, dando ordem a todos para que o obedecessem, de modo a deixarem-no sem máscara, mas o medo imputado a respeito do Rei de Amarelo o fez desistir do plano.

A terrível história sobre o que ocorrera à Aurora deixara-o petrificado. Ele ainda iria sofrer com aquilo: o triste fim que sua amada tivera.

Mesmo Randolph dizendo-lhes que se viam livres para partir quando desejassem, aquelas estranhas regras da Lista pareciam dizer-lhes o contrário. Sem contar com o fato de que, se fossem embora, não deixariam na ilha a estátua da fada.

Pedro queria chorar seu luto, mas a revolução de pensamentos em sua cabeça não lhe permitia. Contrariado, pescou a primeira máscara que viu na arca de horrores. Possuía longas tranças em sua peruca.

– Um anão alado – comentou Belim, referindo-se à máscara sorteada por Pedro. – Isso significa que em seu íntimo você deseja se tornar um.

O aqueônio fitou o rosto de pano murcho em sua mão. Le Goff seria mais bonito que aquilo, pensou, estarrecido.

– E agora o quê? – perguntou-se.

– A ilha está de portas abertas para todos que nela buscam refúgio contra as sandices do mundo lá fora. Aqui temos paz, porque lutamos a todo custo para obtê-la. Somos verdadeiramente livres.

As palavras de Randolph pareciam zombarias aos ouvidos de Arnie e Pedro. Eles preferiram ficar calados.

– Belim, a hora já é chegada. Antes eles precisam comer alguma coisa. Apressem-se. Depois de alimentados, recolham-se nos dormitórios reservados para os viajantes. Lembrem-se de obedecer à Lista.

Assim que terminou de falar, Randolph Carter subiu a escadaria do altar, sempre lentamente como quem não tem qualquer preocupação, e desapareceu através da porta oposta para qual Matera correra.

– Coloquem suas máscaras – ordenou o mordomo. – Se cumprirem a Lista, viverão muito bem neste lugar.

Os visitantes sentiam-se incomodados. A todo momento, tinham a impressão de serem prisioneiros.

Contra sua vontade, Arnie cedeu colocando sua máscara.

Mal haviam deixado a sala do altar, o gigante escutou novamente o estranho som de uma única nota. O mesmo que ouvira nas alturas ao se aproximar da ilha. O mesmo som que o fizera deixar sua forma de gato alado e cair no lago de encontro ao monstro aquático.

– Escutaram isso?

Belim assustou-se com a pergunta do colosso.

Pedro estancou. O silêncio era completamente assombroso. O que estaria acontecendo com Arnie? Não havia ruído algum, nem mesmo o som de um grilo na mata exterior ou de ratos nos corredores do castelo.

– Nosso povo se apaixonou por Aurora. – Com a revelação sobre a fada, Belim impediu que a conversa tomasse outros rumos.

O mordomo percebeu que atraíra a atenção deles, então continuou:

– Ela encantou a todos com seu poder de voar. Eles a chamavam de Princesa Negra Flutuante.

Arnie e Pedro ficaram curiosos. Ansiavam por mais notícias sobre o que acontecera à amiga.

– É estranho. Pela maneira como se referiu a Aurora quando você conversava com Matera mais cedo, não me pareceu gostar dela – confrontou Pedro.

Belim se mostrou incomodado.

O aqueônio tentava de todas as formas ler os pensamentos do mordomo de Randolph, mas a máscara o impedia.

– Bem. Eu simpatizei com a garota. Aqueles belos olhos negros, a pele escura e o cabelo agitado pelo fluxo de ar, enquanto ela voava... O problema foi que ela despertou em Matera o desejo de deixar a ilha, abandonar seu pai e seu povo...

– Tenho certeza de que Aurora não o fez por querer.

Arnie confirmou com um aceno de cabeça o que Pedro respondera. A máscara do gigante, com uma cabeleira abastada, ocultava as feições brutas e naturais do colosso. Contudo lhe conferiam um semblante pavoroso, como o de um monstro infernal com sua face esticada para baixo. A abertura única para o olho de Arnie parecia mais com uma boca gritando de horror.

– Matera não me parece uma pessoa facilmente manipulável. Ela é destemida, séria, com um bom coração, esperta.

– Você se chama Pedro, não é? Vejo que tirou muitas conclusões precipitadas sobre uma pessoa que acabou de conhecer.

Pedro não gostou do tom de voz de Belim. Indignava-se com tudo o que se passava. Não podia aceitar a morte de Aurora, não acreditava naquela história de ter que usar máscaras ou mesmo no que eles chamavam de Lista.

– Por Mou! O que é aquilo?

A caminhada foi interrompida. Pedro olhou a enorme cratera à sua frente. Ficou assustado com o que via.

A lua subia na abóbada celestial tão rápida quanto um trovão que a risca. A neblina pairava sobre a superfície do lago e do outro lado do grande buraco avistado pelo gigante; após uma construção grotesca de pedra semelhante a uma muralha, uma floresta se espalhava sombria e silenciosa.

– Esta é nossa mina – explicou Belim. – É daqui que vem nosso sustento.

Os visitantes ficaram calados, ainda sem entender. Olhavam para o imenso buraco com seus degraus que desciam concêntricos em espiral até um fundo escuro.

– Somos garimpeiros. Nós extraímos metais preciosos da ilha e os vendemos.

Arnie não disse nada, mas pensou "certamente vivem muito bem por aqui. Extração mineral é uma das atividades mais lucrativas no reino. Muitos gigantes descem a Imperial, convocados pelo governo real, para trabalhar nas minas".

"Há algo de muito errado neste lugar." Foi o pensamento de Pedro.

Cansado de se sentir enganado, o aqueônio retirou sua máscara e voltou-se para Belim que, surpreendido, retrocedeu.

– O que você está fazendo?

– Preciso saber a verdade! – gritou Pedro.

– Coloque sua máscara ou você verá a face da morte por meio do Símbolo Amarelo!

Arnie olhou ao redor assustado, pois percebeu que o som de uma nota só aumentara. E que somente ele foi capaz de escutar. Voltou-se para a dupla à sua frente a tempo de ver Pedro passar a mão sobre a pena em seu gorro e ordenar que Belim lhe dissesse toda a verdade sobre o que aconteceu a Aurora.

– Você me contará tudo, Belim. Agora!

A criatura com rabo postiço fraquejou, mas não conseguiu vencer o poder da Pena de Emily. Sua boca começou a se abrir trêmula e as palavras saiam aos gaguejos.

— Primeiro ela encontrou o cinzel com o martelo. Ela ultrapassou todos os limites que havíamos imposto aos visitantes. Como se não bastasse, ameaçou contar tudo a Matera.

Arnie e Pedro ficaram boquiabertos com o que escutaram. Belim não era quem aparentava ser. Fingia cuidar de Matera, mas a enganava. Pelo que entenderam, Aurora descobriu seus planos e os contaria à filha de Randolph.

— Ela apodreceria o resto da vida trabalhando na mina, mas tínhamos um grande problema: Aurora era poderosa, capaz de voar. Nem mesmo os guardas gigantes davam conta dela, pois escapulia. Ela, sim, era uma garota esperta. Diferente do que você falou sobre Matera.

— Seu idiota! Matera confia em você. Não fale assim dela — gritou Arnie, empurrando Belim para trás.

Se o colosso usasse realmente sua força naquele momento, o mordomo de Randolph já não existiria. Arnie arrancou a máscara da cabeça e olhou com raiva para o pequeno ser que jogara no chão.

Pedro notou o quanto seu amigo ficou chateado em ouvir Belim falar daquela maneira sobre a garota. Com o tombo, Belim acordou do transe causado pelo poder da Pena. O aqueônio reforçou a ordem:

— Continue. Conte-nos mais. Queremos toda a verdade!

Entretanto, naquele exato momento começaram a sentir uma presença maléfica.

Ao mesmo tempo que dava ordens para Belim, Pedro ficou desnorteado, olhando ao redor. Arnie também procurava por algo que parecia se aproximar deles, mas não podiam enxergar.

Belim ameaçou continuar a narrativa, mas foi impedido pela mesma força estranha que trazia o terror até eles.

— Arnie, o que está acontecendo? — perguntou Pedro, amedrontado.

Sua respiração ficou ofegante de um minuto para o outro. Seus olhos pareciam mirar um caos insondável que caminhava rumo à sua direção. Sua língua ficou seca, enquanto ele era tomado por uma vertigem.

As coisas não pareciam diferentes para o gigante. Ele olhou rumo à escuridão profunda do declive de acesso ao fosso da mina. Olhou para as águas turvas e silenciosas do lago, do outro lado. Não havia movimentos, ainda assim o medo começava a tomar conta dele de forma avassaladora.

A lua plena parecia atingir o zênite. Mas Arnie também não tinha certeza sobre isso, pois tudo começava a ficar estranho. Era como se sua mente fosse tomada pela insanidade e por um horror invisível.

– Arnie, o que está acontecendo?

– Eu avisei... – respondeu Belim.

– Arnie...

– Vocês desobedeceram. A Lista é clara. Usem a máscara!

Os olhos de Pedro se fixaram em um ponto longínquo como que olhando para o lago atrás do castelo de Randolph. Arnie se contorcia à beira do primeiro degrau da mina, em tempo de cair. Eles não sabiam se o que viam ou sentiam era real ou proveniente de algum tipo de alucinação.

Ainda não haviam comido ou bebido nada por ali. Não poderia ser efeito de algum alucinógeno ingerido.

O ar se infestou de um odor pútrido tal como o que sai de covas profanadas.

– Não! – gritou o aqueônio. – Não!

Pedro olhou para suas mãos e as viu serem tingidas de uma tonalidade branca-azulada.

– O Rei de Amarelo! Você viu o Símbolo! O rei se aproxima.

A voz assustadora de Belim anunciando a chegada de uma aparição macabra alertou Arnie.

O gigante, ainda feito louco, olhando sobressaltado ao redor, repôs a máscara. Talvez a Lista fosse verdadeira, ele precisava usar a máscara para não ser morto pela aparição de Hastur.

Na precipitação de encaixar a máscara na cabeça, o buraco do olho ficou para trás e Arnie perdeu o senso de direção. Seu pé esquerdo resvalou, jogando todo o seu peso para dentro do antro da mina.

O último ruído que escutou antes de bater a cabeça e apagar foi o dos gritos de Pedro em agonia.

– Por favor! O que está acontecendo? Alguém me salve!

# O HOMEM POR TRÁS DAS CORTINAS

–Acorde!

Arnie ainda sentia a forte dor de cabeça, quando ouviu a doce voz lhe chamar.

– Vamos, acorde, Arnie!

O chamado se repetiu, forçando-o a abrir o olho.

Havia algo de errado com sua visão.

Não se tratava apenas da máscara encobrindo-lhe a cabeça. Era também o foco, estava tudo embaçado.

– Oh! Que bom que você acordou. Eu passei toda a manhã aflita por sua vida.

O gigante ergueu-se de forma a ficar sentado. Forçou as vistas e viu Matera ao seu lado. Sorriu e foi correspondido.

– Matera, o que aconteceu?

– Você escorregou e bateu a cabeça. Caiu de uma altura muito grande ontem à noite.

Arnie levou novamente a mão à cabeça, procurando o local exato da dor e fazendo com que sua máscara se enrugasse.

Matera estava triste.

– Eu prefiro olhar para você sem essa coisa – disse, referindo-se à máscara.

O dia amanhecera encantador, a despeito da situação em que eles se encontravam.

– Você passou a noite sob os cuidados de Belim.

Aquele nome fez com que Arnie sentisse náuseas, mas ele nada falou e sua careta ficou oculta debaixo do pano que lhe encobria a face.

– Quando acordei esta manhã, fui correndo procurá-los. Então, fiquei sabendo o que havia acontecido. Vocês não deviam ter tirado a máscara.

As recordações dos momentos de agonia vividos pelo gigante lhe inundaram a mente.

– Eu insisti em vê-lo. Belim, disse que cuidou de você a noite toda, mas não parecia que iria melhorar. Oh, Arnie, eu pensei que fosse perder você. Insisti tanto, que o trouxeram aqui para o jardim, pois eu precisava vê-lo.

O gigante olhou ao redor. Sua visão permanecia embaçada, mas ele conseguiu identificar que havia várias estátuas de mármore ao redor. Em seguida, passou as mãos nos pulsos e constatou, para sua surpresa, que seus braceletes haviam desaparecido.

– Eu me recordo – sussurrou ele – que Belim estava comigo em um quarto, eu mal conseguia respirar. Isso aconteceu depois que tudo ficou escuro e eu apaguei ao cair na mina. Acordei com ele pedindo-me para tirar as roupas. Eu não tinha forças, mas obedeci. Tirei tudo, até mesmo os braceletes... – Arnie voltou a tocar seus punhos.

– Ele faria isso de qualquer maneira. É um costume. A iniciação. Todos os visitantes devem ser despidos e usar as vestes da santificação por três dias após chegarem aqui. Este foi o grande problema com Aurora. Ela se resignou a cumprir as ordens.

Arnie olhou para seu traje branco. Não se lembrava de tê-lo colocado, mas certamente fora obra do mordomo de Randolph Carter.

– Oh, Arnie! Por que desobedeceram à Lista? Por que tiraram as máscaras?

– Matera, onde está Pedro? O que aconteceu com ele?

A garota calou-se por um tempo.

– Ela nunca me falou sobre ele – respondeu, olhando para a estátua de Aurora. – Mas do pouco que presenciei no dia de ontem, eles se amavam muito, não é, Arnie?

Então, Matera começou a chorar. O gigante virou-se para consolá-la e ficou apavorado com o que seu olho viu: a estátua de Pedro estava ao lado da de Aurora.

– Não! – gritou ele surpreso – Não é possível!

As lágrimas encharcavam a máscara da garota que foi acolhida pelos braços enormes do gigante. Arnie também chorou.

– Matera, isso não pode estar acontecendo. O que fizeram com meus amigos?

A coragem parecia fugir da presença do colosso e todas as suas forças definharem com a loucura que vivia. Mas a garota estava pior do que ele, por isso Arnie precisou ser forte para acalmá-la.

O gigante se lembrou de Le Goff. Recordou-se de quando arrastara a pedra no Cemitério Esquecido dos Anões Alados e simplesmente o pequeno amigo desapareceu.

Foram horas tentando entender o que acontecera com o alado. Arnie chegou a pensar que Le Goff tivesse ido embora e o deixado para trás.

Depois pensou que ele tivesse caído do alto da montanha. Não conseguia entender nada. Mas insistiu porque, naquele dia, ele estava muito feliz. Ganhara um amigo. Então, não desfaleceu e, por fim, decifrou o enigma que o levaria até o anão. Haveria uma explicação para tudo aquilo. Nem sempre as coisas confirmam o que parecem ser, pensou.

– Matera, não chore.

– Como não chorar? Você não sabe o que é viver aqui.

– Desculpe-me.

O colosso a deixou extravasar a tristeza. Enquanto isso, contemplou as estátuas de seus amigos.

Aurora sugeria delicadeza, vestida com o Manto de Lilibeth. Ela olhava para o alto como se quisesse alçar voo. Pedro, ao contrário, mantinha um esgar pavoroso. Decerto que visualizara o Rei de Amarelo. Todo o horror, malignidade e devastação precipitavam-se em seu semblante.

Uma dor aguda cortou o coração do gigante.

– Matera.

A menina parou de chorar.

O gigante tirou a máscara.

– Não faça isso, Arnie, por favor.

– Eu não tenho medo do Rei de Amarelo.

– Pare de falar assim. Olhe para seus amigos. Que fim terrível tiveram!

Arnie olhou novamente para as estátuas, Matera suspirou.

– Tão pouco tempo e foi tão intenso meu relacionamento com a fada. Ela confirmou o que a vida inteira eu sentia: esta ilha é uma prisão. Então, ela me deu esperanças de um dia conhecer o mundo lá fora – a voz da garota fraquejou. – Quando você me salvou, Arnie, foi como se a esperança ressuscitasse. Eu não posso perdê-lo, valentão.

Um calor se apoderou do coração de Arnie ao ouvir as doces e amáveis palavras da garota. Ele se ajoelhou e delicadamente retirou a máscara do rosto de Matera, que não resistiu. O gigante olhou firme em seus olhos e o que ela escutaria naquele instante, selaria para sempre o destino de ambos.

– Você não vai me perder, porque eu não irei a lugar algum sem você. Vamos fugir desta ilha, Matera!

Eles se entreolharam, mas antes que ela respondesse qualquer coisa, sentiu os lábios de Arnie tocarem os seus. O beijo roubado aquiesceu ambos os corações, dando-lhes forças para colocarem em andamento o plano de fuga. Acontecesse o que o fosse, eles precisavam permanecer juntos, se realmente quisessem escapar da Montanha da Loucura.

A brevidade do beijo se desvaneceu na profundidade do que ele representou.

Arnie se afastou sem graça. Matera abaixou a cabeça também com vergonha.

– Foi impossível não me render à tristeza que encontrei em seu olhar – ele disse.

Matera não respondeu.

– Acho que estou apaixonado.

Ela apenas sorriu.

– Onde quer que você vá, eu também irei, Arnie. A vida inteira me disseram que eu era uma giganta. Mesmo crescendo com isso na cabeça, eu sabia que, no fundo, era uma grande mentira – Matera se emocionou ao revelar aquilo. – Por mais que eu desejasse, eu jamais alcançaria a altura de um gigante. Eu não sei o que se passa na cabeça de meu pai. Ele perverte a natureza das pessoas que vivem aqui e elas sequer se dão conta disso. Ele lhes oferece uma falsa liberdade e, sem perceber, elas se tornam prisioneiras de algo que nunca poderão se tornar. Tudo está errado neste lugar, Arnie. Leve-me com você, por favor, leve-me embora daqui. Eu quero que seu povo seja o meu. Isso será o mais próximo que eu conseguirei chegar do mundo dos gigantes.

Arnie sentia-se maravilhado com o que escutara de Matera, cada vez mais apaixonado pela bondade que emanava dela e da fragilidade sincera que saía de seus lábios.

O colosso lançou-lhe um olhar afetuoso. Em seguida, contemplou as estátuas de seus amigos.

– Eu preciso saber de minhas roupas e meus pertences, Matera. Não podemos partir sem que antes eu os encontre, e ninguém pode saber sobre nosso plano de fuga.

Rapidamente, Arnie colocou sua máscara e orientou que a garota fizesse o mesmo.

– Eu compreendo. Precisamos agir com naturalidade.

– Belim está mentindo para você.

– Do que exatamente você está falando, Arnie? – perguntou Matera rindo de maneira nervosa.

– Pouco antes de salvá-la do monstro do lago, eu escutei um estranho som que vinha de algum lugar da ilha. Ontem à noite, ele se repetiu, pouco antes de aparecer o Símbolo Amarelo.

– Um som. Que tipo de som? Alguém mais escutou?

Arnie não queria contar nada a Matera sobre o poder de seus braceletes. Mas sabia que somente ele podia escutar o som, porque seu Objeto lhe permitia.

– Não estou certo se todos são capazes de ouvi-lo. Nem mesmo sei como ou quando ele é produzido...

– Estranho.

– É o som de uma única nota.

Matera ainda achava estranha a história do gigante, até o momento em que ele fez uma nova descrição.

– É como o som de um sino. Uma única nota a soar, porém numa frequência que poucos seres conseguem escutar.

– O que você disse? Como o som de um sino?

– Sim. É uma nota vibrando e ressoando por toda a ilha.

– Arnie, não é possível.

– O que foi?

– Meu pai possui uma coleção de sinos. Ele carrega um pequeno gongo num cordão em seu pescoço. E somente ele pode tocá-los.

Se a máscara não impedisse, Matera veria Arnie sorrindo.

– São conhecidos como Sinos de Cassilda.

Arnie se recordou da história contada por Pedro durante a viagem. Não haveria outra pessoa no reino com este nome, relacionada com os objetos descritos pela garota. Por que Arnie pensou logo em Objetos Trevosos? Lembrou-se de Pedro contando que Cassilda conseguia, de uma maneira mágica, ser persuasiva e controlar as pessoas.

– O que seu pai faz com os sinos?

– Nos rituais vespertinos, eles são tocados para espantar os maus espíritos da ilha.

– Matera, primeiro preciso que você me leve até meus pertences. O êxito de nosso plano de fuga depende disso. Depois, preciso ver os Sinos de Cassilda.

– Você não sabe de nada mesmo – respondeu ela, com desânimo. – Ninguém além de meu pai tem acesso a eles. São considerados objetos sagrados. Ficam trancados, muito bem guardados. Somente o mestre Randolph pode tocá-los durante as cerimônias.

Arnie passou as mãos pelo rosto das estátuas de seus amigos. Ele lamentava que tudo tivesse terminado de maneira tão ingrata e deprimente para Aurora e Pedro. Como explicaria aquilo para Isaac, Gail e Le Goff? Como se justificaria para a rainha e Bátor?

Da tristeza ele tirou forças para prosseguir. Ao menos não estava sozinho. Ele faria o que fosse preciso para fugir daquele nefasto lugar. Agora, ele sequer possuía os Braceletes de Ischa. O que lhe restara?

* * *

Almoçaram com o mestre Randolph Carter, que expressou tristeza pela morte de Pedro.

O gigante não tirou o olho do colar do mestre e se certificou de que pendia nele um pequeno gongo, exatamente como descrevera a filha. Ele foi tentado a perguntar a Randolph sobre o estranho som de uma nota única que ouvira, mas algo o incomodou. Se havia uma grande lição que o gigante aprendera ao chegar à ilha, era esta: o silêncio vale ouro.

Se Arnie falasse sobre o som, poderia despertar suspeitas. Sem contar a dificuldade que teria para explicar como conseguia ouvir. Porque agora Arnie mostrava-se convicto de que era o poder dos braceletes que o capacitava escutar aquele som inaudível para os outros.

Randolph Carter percebeu os sentimentos que sua filha nutria pelo colosso, mas manteve-se calado em relação a isso.

– Então, pretende deixar a ilha? – perguntou Carter.

Arnie via-se preparado para aquela pergunta. Ele imaginou que seria questionado. Inventara uma desculpa boa para explicar sua permanência, mas não podia exagerar, para não ser descoberto em sua mentira.

– Não me sinto bem para uma longa viagem, mestre. Estou abalado com o que aconteceu com os meus amigos – respirou antes de continuar. – Se me permitir, preciso de mais uma noite de descanso.

Mestre Randolph tinha experiência em leitura corporal. O que as máscaras escondiam era exposto pelos modos e pelo falar das pessoas. Ele, então, percebeu a alegria de Matera com a notícia da permanência de Arnie. E não foi capaz de notar que o gigante mentia.

Matera também mentia. Os anos de experiência convivendo com o pai, com seus rostos escondidos por um pedaço de pano, a ensinaram a dissimular os sentimentos por meio de seu movimento corporal. E conforme havia combinado com o gigante, eles precisavam convencer a todos de que tudo permanecia bem e que a ordem natural das coisas na ilha não seria mudada como ocorrera em relação à fada e ao aqueônio.

Nem mesmo Belim suspeitou dos planos de fuga de Matera, mas passou a observá-la com maior cautela.

À tarde, Arnie foi levado para conhecer a mina e o que ele viu foi lamentável. Uma multidão que parecia surgida do nada, trabalhava em péssimas condições.

Todas as pessoas usavam máscaras. A maioria delas reproduzindo rostos de animais. Tinham leões, onças, tigres, cavalos, cães e até mesmo o que parecia ser o rosto de um peixe.

– Aqui todos podem ser aquilo que desejarem. Esta é a verdadeira liberdade que podemos oferecer a alguém.

Belim referia-se às máscaras que cada um usava e Arnie compreendeu, quando viu o mordomo rodando sua cauda feita de cinto. Belim acreditava mesmo ser um aqueônio com o rabo postiço que sequer conseguia se manter ereto sem a ajuda de suas mãos.

## A Montanha da Loucura

Arnie escutou tudo sem dizer uma só palavra. Tentava entender o que ocorrera na noite anterior. Por que chamavam aquele lugar de Montanha da Loucura? Seria por causa da loucura trazida pela aparição do Rei de Amarelo ou devido àquela estranha tradição em que todos eram encorajados a serem o que na verdade não eram?

Os guardas gigantes mantinham-se no alto das bordas da mina. Não era necessário ser inteligente para se perceber que vigiavam os trabalhadores.

Belim viu que Arnie havia notado os gigantes e falou:

– Eles estão ali para garantir que todos estejam bem e protegidos.

A explicação soou ridícula, falsa como tudo naquele lugar.

Do lado leste da mina ficavam as habitações dos trabalhadores. Arnie estava sem os braceletes, por isso não conseguia enxergar com clareza ao longe. Contudo, teve a impressão de ver casas envelhecidas e frias. Nem mesmo o calor e o brilho do sol de verão eram capazes de fazê-las parecerem confortáveis.

Arnie sentiu pena dos trabalhadores, assim como sentia de Matera.

Quando voltou a ficar a sós com a garota, já quase no entardecer, Arnie foi levado por ela ao local mais provável onde poderiam encontrar os pertences dele: a casa de Belim.

Fingiram seguir até o Jardim das Estátuas de Mármore, mas desviaram sem que ninguém percebesse.

– Você tem certeza de que não seremos surpreendidos?

– Não se preocupe. Ele é quem dá as ordens aos guardas de meu pai. Belim não retorna para casa antes que todos estejam recolhidos. E para nossa sorte, mora sozinho.

– Tem certeza de que ele trouxe minhas coisas para cá?

– Para onde mais levaria? Foi ele quem deu ordens para os gigantes te levarem para o jardim, quando perguntei por você. É muito provável que ele o tenha mantido aqui durante toda a noite.

– Está trancada – disse Arnie, ao checar a porta da frente. – Devo arrombá-la?

– Não! Não podemos deixar vestígios de nossa vinda aqui. Por que você precisa tanto de suas roupas? Você poderia muito bem atravessar o lago com a que está vestido.

– Eu preciso das minhas coisas.

Matera não questionou. Deu a volta ao redor da casa à procura de outra entrada.

– Matera, você sabe que a travessia pelo lago pode ser perigosa.

Diferente do que esperava, Arnie notou que a garota não se preocupou com o que ele dissera.

– Você estará comigo, valentão, por isso sei que conseguiremos.

Arnie ficou imóvel como um tronco de árvore e vermelho como um tomate.

– Engraçado – disse ela, rindo de si mesma. – Que me lembre, a última vez que estive aqui, eu era uma criança de seis anos de idade.

– Você não deveria achar engraçado, mas, sim, estranho. Definitivamente, a ilha não é tão grande, sua população menor ainda, pelo que vi. Belim parece uma babá cuidando de você. Tenho certeza de que ele mente sobre algo. Aurora descobriu o segredo dele e ele não gostou...

Arnie conversava com Matera, ao mesmo tempo que forçava uma porta nos fundos da casa. Repentinamente, a porta cedeu e o gigante caiu para dentro.

A casa não era apropriada para o tamanho do colosso, mas ele conseguiu caminhar abaixado, de maneira desengonçada pelos aposentos.

– Que estranho! Sabemos que não tem ninguém em casa, mesmo assim não consigo ficar tranquila.

– É porque estamos fazendo algo errado, invadindo uma casa – respondeu Arnie, rindo da situação.

O gigante prosseguiu e, quando menos esperava, encontrou algo que o fez arrepiar os cabelos da nuca.

Matera percebeu a reação inquieta do amigo.

– O que foi?

– Ontem, antes que a loucura do Rei de Amarelo nos alcançasse, Pedro fez com que Belim nos contasse verdades.

– Como assim "verdades"? Como sabiam que ele não mentia?

– É uma longa história, Matera, pois o mordomo de seu pai começou a dizer coisas que não faziam sentido para nós.

– Como o que, por exemplo?

– Que Aurora cometeu o erro de encontrar o cinzel e o martelo.

A garota olhou para a frente e viu os objetos citados por Arnie. Ela também ficou arrepiada.

– Aurora também veio aqui. Mas por quê? O que a traria à casa de Belim?

Arnie tentava entender.

– Talvez o mesmo que nos trouxe.

Ele passou para o próximo recinto, bem maior que o anterior e começou a abrir os baús que encontrou. Havia várias roupas emboladas por todos os lados.

– Ei, grandalhão!

Arnie olhou para a amiga e viu que ela encontrara o que eles procuravam: suas roupas.

– Onde estavam?

Matera apontou para uma cômoda.

Entretanto, o gigante continuou a procurar seus braceletes, sem dar explicações. Quando abriu a quarta gaveta da segunda cômoda, respirou aliviado.

– Eu pensei que você quisesse suas roupas de volta – ela disse. – Na verdade, era atrás disso que você andava?

– Sim, Matera. Eu precisava de meus braceletes.

A garota balançou a cabeça em reprovação, porque não sabia que se tratava de um Objeto de Poder.

O gigante os colocou nos punhos e sorriu feito uma criança ao ganhar um presente desejado.

– Com sua licença, Matera, agora preciso vestir minhas roupas.

Constrangida, a garota olhou para a parede, enquanto ele se trocava.

– Sério que isso é tão importante para você? Uma muda de roupas e um par de braceletes?

Ele riu da ingenuidade dela.

– Chegou o momento de deixarmos esta ilha.

Fortificado pelo poder dos braceletes, o olho do gigante voltou a enxergar com precisão. Ele não acreditou no que viu.

– Por Mou! O que isto está fazendo aqui?

Matera o viu coletar um lindo manto vermelho do chão, bem do meio do amontoado de roupas que ele mesmo revirara minutos atrás. Ela rapidamente reconheceu o objeto.

– É a capa de Aurora! – gritou surpresa – Eu não compreendo. Ela usava este manto quando foi transformada em estátua. Como ele pode ter aparecido aqui?

– Veja!

Na estante ao lado do local onde acharam a capa, encontravam-se o grimório da fada e, para surpresa de Arnie, a Pena de Emily.

– A pena que Pedro trazia junto a seu chapéu – surpreendeu-se Matera.

O gigante coletou o grimório e a Pena, colocando-os no bolso direito de sua calça. O Manto de Lilibeth foi dobrado com cuidado, encaixando-se perfeitamente no bolso oposto.

Uma energia percorreu o corpo do colosso; semelhante ao que ocorrera a Le Goff no Pântano Obscuro, ao salvar Isaac do atoleiro. Ele agora possuía três Objetos de Poder.

O olho de Arnie viu algo através de uma porta semiaberta, que lhe despertou ainda mais a atenção.

Cheio de curiosidade, o gigante seguiu para o próximo recinto, deixando Matera sem resposta. A casa de Belim parecia um palácio em relação aos inúmeros aposentos que possuía, embora não se pudesse notar pelo lado de fora da habitação. Eles estavam nos fundos, em cômodos semelhantes a uma enorme área de serviço.

Mas o mordomo não possuía outra função além de cuidar de Matera e orientar os guardas de Randolph. Por que todo aquele espaço? Por que todos aqueles objetos e roupas? Certamente, não pertenciam a Belim.

Matera caminhou apreensiva, logo atrás do gigante. Mantinha-se completamente confusa e surpresa.

– O que está acontecendo? Por que não damos o fora logo, Arnie? O que o manto e a pena fazem aqui? Não estou entendendo nada.

O colosso sentiu o medo tomar conta da voz de sua amada.

Pensativo, ele nada respondeu. Apenas observou estarrecido outra nova descoberta que o deixou ainda mais intrigado: inúmeros blocos de mármore viam-se no recinto que acabavam de adentrar.

Havia muito pó em todo canto. E, para espanto do gigante, reuniam-se uma dúzia de cinzéis e martelos organizados em uma mesa lateral à porta de acesso.

– Você ainda não compreendeu o segredo de Belim, Matera?

– Arnie, estou ficando com medo. Vamos dar o fora deste lugar.

– As estátuas são uma fraude.

A garota estancou. Por debaixo da máscara, sua boca ocultava-se aberta, quando começou, finalmente, a ligar os fatos.

Caminharam ainda mais para dentro do recinto, ultrapassaram alguns blocos enormes de mármore, e ficaram atordoados com o que viram.

Uma enorme estátua, tão bela quanto às do jardim, encontrava-se no local. Era a estátua de Arnie. Uma escultura perfeita do gigante. Tão semelhante a ele, a ponto de meter-lhes medo.

Matera soltou um grito abafado ao vê-lo esculpido na pedra.

– Aurora e Pedro não foram transformados em estátuas.

Mesmo fazendo sentido o que acabara de escutar, a única coisa que a menina sentiu foi pavor.

– Belim é o escultor. Ele as deixa semiacabadas.

– Qual o propósito disso, Arnie?

– De alguma maneira que ainda não consigo explicar, as mortes são forjadas. A aparição não existe ou, se existe, não é capaz de realmente transformar alguém numa escultura de mármore.

– Arnie, precisamos dar o fora daqui, rápido.

– Nós não vamos fugir desta ilha, Matera. Não agora.

Chocada, a garota balançou a cabeça demonstrando incredulidade.

O gigante se explicou:

– Não sem antes descobrirmos onde, de fato, estão Aurora e Pedro.

# O REI CHIFRUDO

*24 horas atrás*

Arnie acordaria apenas na manhã seguinte, no Jardim das Estátuas de Mármore, ao lado de Matera. As coisas com Pedro não ocorreram diferentes, embora ele acordasse no meio da noite na qual fora possuído pela loucura no topo da mina.

Ao abrir os olhos, encontrou a face de Aurora contemplando-o com afeto e alegria. A fada acariciava sua cauda com delicadeza. Este foi o primeiro estímulo que o fez despertar.

Ela sorriu.

Ele demorou um tempo para aceitar-se realmente diante dela.

– Eu morri?

A fada riu da pergunta.

– Não. Ainda estamos vivos.

Pedro ergueu-se, lentamente, e observou que se encontravam em uma espécie de masmorra.

– Mas você estava no jardim...

– Aquele pedaço de mármore não era eu. E nunca será.

– Como pode?

– Belim é o responsável por toda a farsa, Pedro. Ele é o braço direito de Randolph. Ele é um exímio escultor. Mas o que ele molda melhor é a consciência e o comportamento das pessoas.

– Que lugar assustador é este, Aurora? O que fizeram com você?

O aqueônio notou a magreza exagerada de sua amada, quando se moveram para um local iluminado pelo luar.

O rosto esquálido de Aurora denunciava os maus-tratos a que fora submetida. Parecia não tomar banho há dias.

Pedro deixou cair uma lágrima, que enxugou com a própria cauda.

– Não chore, Pedro.

– Por quê? Por que você fugiu?

A fada deu as costas para o aqueônio e olhou para a fresta no alto da parede, por onde o luar adentrava.

– Você nunca perdeu alguém, não é?

Pedro permaneceu calado.

– Dizem que existem cinco estágios da dor.

Aurora voltou-se para ele e continuou a falar:

– Nossa primeira reação diante da morte de alguém que amamos é a negação. Não aceitamos que nunca mais veremos a pessoa amada. Então, quando tomamos consciência de que ela se foi para sempre, somos possuídos pela raiva. Isso aconteceu quando descobri que você sabia sobre a morte de mamãe e não me contou nada, Pedro. Eu projetei em você toda a minha decepção. Mas eu também havia descoberto algo no grimório que herdei. Uma informação que me fez negociar minha decisão de fuga. Este é o terceiro estágio da dor, a negociação. Passamos a buscar estratégias de cura para nossa alma. Trata-se de um instinto de sobrevivência. Eu vim até este lugar em busca de algo muito importante, por pura negociação com a dor que sentia.

As palavras de Aurora soavam como música nos ouvidos do aqueônio. Ela parou para refletir sobre a ilha.

– O povo mascarado vive preso neste lugar e não tem consciência disso, Pedro. Eles me viram chegar voando, experimentaram meu poder de telecinesia, e ainda assim seus olhos não se abriram. Eles pensam que o que vivem é liberdade. E assim Randolph Carter e Belim os mantêm cativos.

– Não é muito diferente do que o prefeito Jasper fazia com o povo de Bolshoi.

– Não é. Ambos se sustentam pela mentira e criam demônios para que seus seguidores possam temer. Jasper destruía a reputação da rainha Owl para que o povo pudesse encontrar nele um salvador. Mas o que ele entregava aos habitantes de nossa cidade eram apenas migalhas e miséria. Randolph se utiliza de lendas antigas sobre Hastur para fazer o povo segui-lo.

– Não são apenas lendas, Aurora. Eu senti na pele a loucura me tocar.

– Eu sei. Ele consegue fazer isso porque possui um Objeto Trevoso.

– Como assim?

– Três dias por semana são realizados cultos nos quais ele toca seis sinos em forma de cuia. Dizem que é para aplacar a fúria do Rei de Amarelo. Eu participei de dois deles, antes de Belim me fazer tirar o Manto de Lilibeth e colocar esse traje branco. Eu não queria participar do que eles chamam de iniciação. Todos que chegam à ilha, cedo ou tarde, acabam se despindo de suas vestes, muitos têm seus nomes trocados. Acredito que Randolph e Belim encarem isso como algo espiritual. De qualquer maneira, quem criou esta prática, talvez há muitos anos, sabia que essa era uma maneira de desarmar o visitante que entrasse na comunidade. E confundir sua identidade e também seus valores.

Pedro se lembrou das máscaras e do cinto de Belim imitando a cauda de um aqueônio.

– Você não devia ter deixado seu Manto de lado. Ele pode estar nas mãos de qualquer um agora. Eu não entendo. Por que fazem tudo isso?

– PODER, Pedro. Tudo o que acontece agora diz respeito a "poder". Nos dias em que passei aqui, antes de ser presa, me encontrei com o mesmo cocheiro que vimos buscar armas na Forja-Mestra.

A imagem do carro de carga chegando, Derik zombando dos indigentes que eram jogados na Baía dos Murmúrios, o cocheiro gritando com Ricarten e chamando-o de troglodita... todas essas lembranças vieram à mente do aqueônio.

– Os mascarados garimpam metais preciosos numa mina logo ao lado da masmorra onde nos encontramos. O minério é transportado para forjas como a que incendiamos e é transformado em armas que serão utilizadas pelos inimigos do reino de Enigma. Tudo feito em nosso próprio solo, utilizando nossa própria gente.

Pedro ficou apavorado. Fazia sentido o que Aurora falava.

– Precisamos destruir os sinos que Randolph usa para manter cativas as mentes dos mascarados e criar a assombração que ele gosta de chamar de Rei de Amarelo.

– Mas como faremos isso, Aurora? Eu sequer tenho a Pena comigo.

A fada abraçou o aqueônio.

– O quarto estágio da dor é a depressão. O quinto é a aceitação – disse Aurora, finalizando a explicação sobre o luto.

– Em qual deles você se encontra?

– Estou há dois dias nesta masmorra desprezível – ela se desvencilhou do abraço para falar. – Encontrá-lo hoje, Pedro, me libertou, finalmente, da dor. Meu luto se foi.

Pedro puxou Aurora novamente para seus braços e beijou seu rosto.

– Não foi você quem me encontrou, Aurora. Fui eu que procurei por você e a encontrei.

Os dois sorriram. Mesmo aprisionados, sentiam-se felizes por ter um ao outro.

– Você conheceu Matera? Diga-me, Pedro, ela está bem?

– Sim. Claro – confirmou o aqueônio, sorrindo. – Você não vai acreditar. Ela está apaixonada por Arnie. Ela se afogava quando ele a salvou.

– Arnie também veio? – a interrogação da fada continha esperança. – Quem mais?

– Apenas eu e ele. É uma longa história. Eu o obriguei, Aurora.

– Você usou o poder da Pena sobre o gigante. Que feio, Pedro!

– Não mesmo. Como eu falei, é uma longa história.

Aurora e Pedro passaram praticamente a noite toda acordados, conversando. Pedro contou sobre sua rebeldia no palácio e como a rainha se mostrou uma pessoa bondosa, tolerante e sábia. Aurora desejou conhecê-la e lembrou-se de Huna.

Acordaram quase no horário do almoço. Um prato com uma pasta nojenta que não atraía sequer uma mosca era o que iriam comer. Fazia sentido Aurora estar tão magra e fraca. Pedro passou a odiar ainda mais a insanidade de Randolph e Belim.

– Temos que fugir deste lugar – cochichou Aurora. – Já escapamos de uma situação semelhante.

– Mas tínhamos a Pena de Emily na Forja-Mestra.

– Os Objetos são poderosos, Pedro, mas isso não significa que deixamos de ser alguém sem eles.

O aqueônio entendeu o recado e concordou. Continuaram comendo a gororoba e comunicando-se pelo olhar. Cochicharam umas vezes e planejaram o que fariam. Algo tosco, e que poderia dar certo, com o único recurso que possuíam: a cauda do aqueônio.

De repente, Pedro começou a gritar feito um louco. Jogou a comida no chão, batendo com o prato de metal nas grades da cela.

– Socorro! Socorro!

Aurora rolava pelo piso da cela, também agitada. Parecia possuída pela entidade que assustara Arnie e Pedro na noite anterior.

– Não! Por favor! Misericórdia, mestre Randolph! Misericórdia! – ela gritava, sacudindo-se no piso frio da masmorra.

Em poucos instantes dois guardas surgiram para ver o que sucedia. Ficaram apavorados.

– Ajudem-me! O Rei de Amarelo está vindo buscá-la. Socorro!

Aurora e Pedro continuaram fazendo a encenação, repetindo suas falas, até abrirem a porta da cela para eles. Os soldados mascarados pegaram a fada no colo. Ela dava trabalho, pois se remexia feito uma minhoca e não parava de gritar. Seus olhos negros arregalados incorporavam o horror. Tudo fingimento.

Pedro teve vontade de rir. Nunca imaginou que Aurora representasse tão bem.

– O Rei de Amarelo está chegando. Os céus se turvam e a luz do sol se apaga. Tropas infernais o cumprimentam em seu poder. Misericórdia, mestre Randolph. Misericórdia! O reino da loucura chegou.

Ao atravessarem a porta da cela com Aurora sendo carregada pelos guardas, Pedro chicoteou um deles com sua cauda. Este soltou as pernas da fada e inclinou-se na direção do aqueônio. Desta vez, Pedro enroscou sua cauda nas pernas dele e o fez tombar.

Saltando como um símio, já no corredor da masmorra, o aqueônio pendurou-se nas barras de ferro da cela seguinte e caiu sobre a cabeça do outro soldado que ainda carregava a fada.

O corpo do carcereiro amorteceu a queda da garota.

– Corra, Aurora!

Pedro deu a ordem e, em seguida, puxou as máscaras dos soldados, girando-as em seus rostos. Eles ficaram algum tempo aturdidos e desorientados. Isso foi suficiente para que os prisioneiros escapassem.

Os corações de Aurora e de Pedro pulsavam descompassados. Não sabiam que caminho tomar. Todos eram escuros ou penumbrosos.

As paredes dos corredores da masmorra, úmidas e cheias de musgos, não refletiam a luz que adentrava as frestas e escotilhas presentes ao longo do percurso. Os fugitivos corriam o risco de entrar em uma passagem sem saída.

Começaram a ouvir vozes. Elas vinham de todos os lados. Significavam mais soldados chegando em busca dos fugitivos.

– Por aqui!

O aqueônio parou ao comando da fada. Havia barras de ferro pregadas na parede formando uma escada de marinheiro.

– Quando me levavam para tomar sol eu via este caminho – explicou Aurora, enquanto subiam os degraus, afoitos.

– E aonde vai dar?

– Do outro lado da mina, na entrada da floresta.

No topo do corredor vertical, uma pesada tampa de ferro bloqueava a saída. Aurora, que subira na frente, não conseguia erguê-la sozinha.

Pedro avançou, ficando lado a lado com sua amada. Eles se seguravam com uma das mãos e com a outra empurravam a portinhola metálica.

A cauda de Pedro se estendeu como um terceiro braço para forçar ainda mais a passagem. A tampa cedeu e finalmente Aurora conseguiu sair.

Os raios de sol tocaram-lhe a face, fazendo-a sorrir.

A fada ouviu um baque e olhou para Pedro, algo o prendia na tubulação.

– Pedro! – gritou ela.

Quase no final da escada, um soldado agarrara o pé do aqueônio. Uma luta começou a se travar. Pedro chutava-o com o outro pé e o chicoteava com a cauda.

Aurora gritava, desesperada, puxando o corpo do amigo para fora. Em vão.

Tudo se complicou, quando mais soldados surgiram no gramado onde a fada se encontrava. Eles vinham da mina. Dessa vez, eram soldados gigantes.

– Fuja, Aurora! Fuja!

– Eu não vou sem você!

– Não seja tola. Pelo menos um de nós precisa fugir. A fada enxergou o terror nos olhos do amigo e percebeu que ele estava certo.

Se fugisse, existiria a chance de poder um dia retornar para resgatá-lo. Se voltasse para a cela com Pedro, a possibilidade de uma nova fuga tornava-se quase zero.

Sem escolhas, Aurora soltou as mãos de Pedro, contrariada.

Antes que os soldados gigantes pudessem alcançá-la, a menina adentrou a Mata da Pedreira.

Pedro quase desfaleceu ao se recordar da terceira lei da Lista. Ele estava preso porque desobedecera à primeira e à segunda, retirando a máscara, antes de se recolher ao cair da noite. Agora sua amada fugira para o lugar mais desaconselhável da ilha, o domínio do Rei Chifrudo.

Mesmo cansada, quase sem forças para prosseguir, imunda, com o coração aflito, a garota só parou de correr quando teve certeza de que os soldados de Randolph não estavam mais em seu encalço.

Ela parou, permanecendo um tempo atônita, sem pensar em nada.

Ouviu um ruído e voltou a correr novamente pela floresta, sem rumo. Deteve-se quando percebeu o silêncio retornar. Começou a chorar. Mas conteve o desespero ao perceber que poderia atrair a atenção de seres maléficos.

Engolindo o choro, a garota passou a caminhar de maneira cuidadosa para não ser notada. Vagava sem rumo, descabelada, com o rosto encharcado de lágrimas. Talvez ela fosse a maior assombração da mata naquele instante. Até mesmo os mais ferozes animais que pudessem habitar o lugar temeriam encontrar-se com ela.

Aurora não tinha mais forças para prosseguir, tinha sede, fome, e a escuridão começou a tomar conta da floresta.

Ela pensou em Pedro e mais uma vez se esforçou para segurar o choro. Sentia-se destruída.

A poucos metros de distância da fada, algo começou a se mover sorrateiramente. O ser que reinava na floresta vinha em sua direção. Movimentos calculados e precisos eram abafados pelo choro contido da garota.

O chifre altivo e lustroso apontava para a copa das árvores. O Rei Chifrudo parou em frente a Aurora. Ele se ocultava nas sombras, mas a menina viu seus dentes enormes brilharem na escuridão, assombrosos como os de uma besta monstruosa. Ele possuía uma natureza visivelmente selvagem, ainda que majestosa.

Os olhos de Aurora ficaram petrificados, assim como seu coração. Mesmo se lhe contassem, ela não acreditaria existir criatura como aquela. Pensou em Pedro, em Morgana, sua vó, e, finalmente, em Huna. O que eles pensariam se vissem o que se passava diante de seus olhos?

O grimório estava certo. Aurora encontrou-se com o unicórnio.

# PARTE IV

PART IV

# A ESPIRAL NUMÉRICA

No castelo de Smiselno, a paz era uma facha tão falsa quanto as máscaras na Montanha da Loucura.

Isaac continuava treinando todas as manhãs sob a assistência de Bátor, agora com mais convicção e desejo por aprender a arte da esgrima e dos paladinos. Ele se sentia fracassado todas as vezes que pensava em Arnie, Pedro, e na forma abrupta e traiçoeira como eles deixaram a capital. O sentimento de culpa, por não ter se mostrado um bom líder, era descontado nas estocadas e golpes desferidos com a espada.

A fúria do matemático era usada por Bátor a favor do garoto.

– Ninguém se torna um bom guerreiro apenas porque olha os verdadeiros guerreiros e deseja ser um, Isaac. Muita gente quer ser muita coisa. E por que não consegue?

O garoto repetia a coreografia que lhe fora ensinada minutos atrás, enquanto ouvia seu instrutor. Como que em câmera lenta, ele avançava e retrocedia com a espada em punho. Não respondeu. Deixou Bátor fazendo o monólogo.

– Porque é preciso entender a dor, acolhê-la como uma sábia professora e, por fim, prosseguir. Aceite a dor da decepção ou morra contrariando-a. Se algo não deu certo, culpe primeiro suas próprias escolhas, Isaac. Pense no que você poderia ter feito diferente e no que fará para que, da próxima vez, não precise culpar ninguém, nem mesmo você.

Isaac arrancou uma lasca da madeira na qual batia. Sua espada se encravou com tanta profundidade que foi difícil removê-la.

– E você? O que lhe feriu tanto para se tornar o guerreiro que é?

Sem ressentimentos e mágoas, Bátor respondeu com prontidão:

– O irmão que eu perdi.

Isaac se surpreendeu.

– Eu sinto muito. Eu não sabia. Como ele morreu?

– Ele não morreu, Isaac. Decidiu seguir para Ignor.

– Ignor? Eles são nossos inimigos. Mas, por quê?

– Eu já fui lá muitas vezes. Não queira saber as coisas vis que acontecem naquelas terras. Se por alguma razão você se assustar com a loucura que surge em Enigma, quando a justiça deixa de operar, multiplique por sete. Homens que são amantes de si mesmos, que não pensam no próximo. Meu irmão foi atraído por sua própria ganância. É o que acontece com todos em Ignor. Lá, não existe piedade nem amor. A maior preocupação de nossa rainha é proteger nossas terras contra essa loucura.

– Ela é muito sábia, saberá lidar com isso.

– A verdade, Isaac, é que ela já vive cansada. Tudo o que conquistamos, nossas riquezas, cultura, crescimento, em grande parte devemos ao governo de Owl. Mas chega o momento de passar este governo para outra pessoa. Você a escutou falando.

Isaac arrepiava todas as vezes que ouvia aquilo. Sempre que tocavam nesse assunto, ele sentia que tinha relação com sua vida. Não sabia se era o poder de vidência dos dados que lhe conferia tal pensamento ou se era apenas coisa de sua cabeça.

– Só os tiranos permanecem anos a fio no poder de uma nação. Esse é um bom indicativo de que um líder é autoritário e exerce um controle ditatorial sobre seu povo; ele nunca se dispõe a deixar o poder.

– E por que a rainha ainda não o fez, se ela sabe que chegou a hora?

– Porque é preciso muita cautela. Assim como uma equipe toma a forma de seu líder, um povo se conforma com o tipo de liderança que seu rei exerce sobre ele. Se o poder cair em mãos erradas, todo o reino sofrerá. Um bando de leões liderados por uma ovelha não é o mesmo que um bando de ovelhas lideradas por um leão.

– Estou há pouco tempo no castelo, mas posso afirmar que há coisas estranhas acontecendo por aqui.

– Sabemos disso, Isaac. Entretanto, não parece fácil desvendar esse mistério.

– Só há uma explicação. Se existe uma trama para matar a rainha ou tomar seu poder e não conseguimos descobrir, é porque estão usando armas incomuns, que nos fogem do conhecimento. Vocês mesmos nos contaram na reunião sobre um profeta que passou a prever coisas que não aconteceriam, porque o enfeitiçaram.

– Magia – sussurrou Bátor.

Isaac concordou.

* * *

À tarde, o garoto pediu permissão à rainha para visitar a Sala do Trono. O enorme recinto encontrava-se vazio.

– O que você procura aqui? – perguntou Le Goff.

O matemático se concentrou na folha de papel em sua mão. Ele gastara tempo, durante vários dias, até reproduzir no papel os números em espiral desenhados no piso do grande salão.

Gail e Le Goff se aproximaram de Isaac e viram que vários números da espiral estavam circulados. Pareciam aleatórios.

– Eu encontrei um padrão. Vejam!

Isaac apontou para a folha.

– Quando colocamos de forma crescente em uma espiral, os números primos surgem por intermédio de um grafo.

– Como assim? O que é um grafo? – perguntou Le Goff.

– A ideia do grafo surgiu com o matemático Euler; quando tentava resolver o problema das *Sete Pontes de Conisberga*.

– Você diz, a cidade de Conisberga?

– Ela mesma, Le. Um rio cortava a cidade de Conisberga formando quatro distritos: as duas ilhas no meio do rio e cada lado da cidade por onde ele passava. Existiam sete pontes para ligá-los – Isaac rascunhou um desenho para deixar a explicação ainda mais fácil para seus amigos.

– A questão lendária era: seria possível fazer um passeio de forma que se atravessasse cada ponte apenas uma vez, retornando ao ponto de partida?

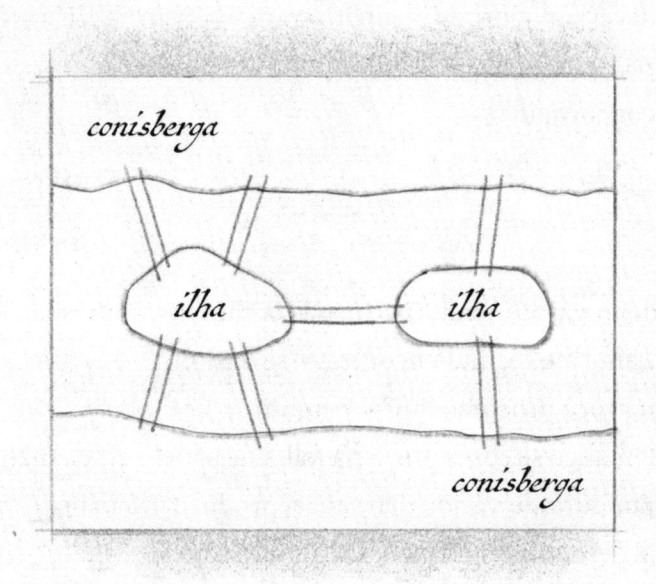

O raciocínio rápido de Gail trouxe a resposta:

– Impossível.

Le Goff ficou admirado com a capacidade da menina, que continuou:

– Se começamos nosso passeio por uma ilha, nunca conseguimos terminar nela, sem que passemos duas vezes por uma das pontes. Não importa onde iniciemos a jornada.

– Exato! Euler gastou muito tempo para concluir isso. Ele transformou cada distrito em pontos e cada caminho entre eles em arcos, criando assim o primeiro grafo. Por meio do grafo, ele, então, percebeu que só seria possível atravessar o caminho inteiro passando uma única vez em cada ponte, se de cada nó partisse um número par de arcos.

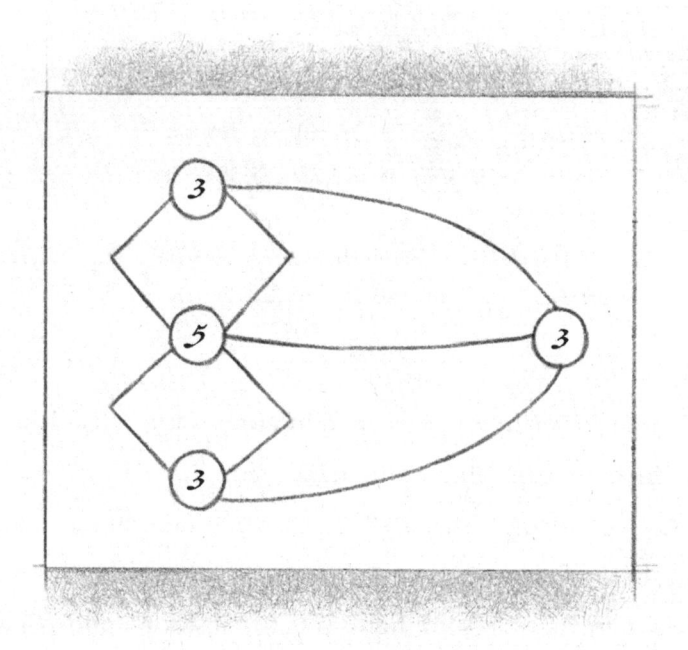

Isaac exibiu a folha com a espiral que desenhara.

– Estruturas representadas por grafos podem ser encontradas em toda parte, e foi isso que consegui desenhar, quando selecionei os números primos da espiral. – Outro desenho previamente reproduzido foi apresentado pelo matemático. – Neste aqui, eu retirei os números compostos.

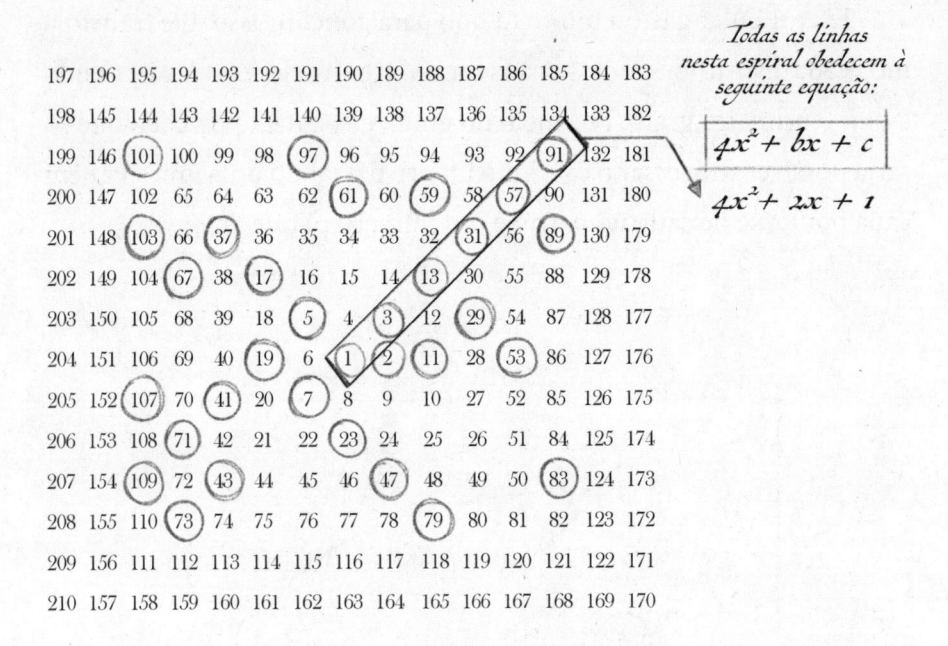

*Todas as linhas nesta espiral obedecem à seguinte equação:*

$$4x^2 + bx + c$$

$$4x^2 + 2x + 1$$

– Os números primos aparecem alinhados – notou Gail.

– Eles formam caminhos como os das pontes – completou Le Goff.

– Exato – confirmou Isaac. – É surpreendente e eu não posso confundir a cabeça de vocês com tantas fórmulas matemáticas, mas existem várias delas para descrever inúmeros trajetos neste desenho. Na verdade, é algo impressionante. Isso jamais seria esperado, uma vez que viemos trabalhando com números aleatórios.

– Isso foi desenvolvido por algum membro da Confraria do Poder.

Isaac concordou com Gail.

Em outras folhas, havia mais e mais rabiscos, a espiral desenhada de várias maneiras e com inúmeros cálculos e fórmulas que Gail e Le Goff preferiram desconsiderar.

Os três olharam para o piso do salão. O silêncio no local contrastava com seus pensamentos barulhentos ao tentarem desvendar o mistério.

A luz crepuscular projetava sobre a espiral do assoalho o mapa de Enigma desenhado no vitral da abóbada. Os longos espelhos nas colunas de sustentação refletiam fracamente o luar, iluminando o salão. Houve silêncio por um longo tempo.

– Garotos.

A voz trêmula de Gail não parecia com a de alguém amedrontado, mas encantado por ter descoberto algo fantástico.

– Olhem aquilo – apontou a menina.

Isaac, Gail e o anão estavam no degrau mais alto e próximo do trono. Daquela perspectiva, com os caminhos alinhados por números primos, que acabaram de ver na folha desenhada pelo matemático, eles conseguiram inferir a solução do enigma.

– Quem quer que tenha construído a Sala do Trono, deixou-nos uma valiosa informação oculta por centenas de anos – disse Le Goff, maravilhado.

– Uma profecia – sussurrou Isaac.

– O alinhamento dos números primos na espiral indica direções quando projetado sobre o mapa de Enigma – finalizou Gail, arrebatada pela descoberta.

No piso, o luar desenhava com sombras o mapa sobre a espiral. O caminho numérico descoberto por Isaac, ao selecionar os números primos, apontava para quatro direções distintas no mapa.

– Mas só saberemos as direções exatas, quando a lua se encontrar no zênite e a projeção ficar perfeita sobre a espiral.

– Que estupidez, garoto – zombou Le Goff. – Podemos fazer melhor.

– Lisa! – concluiu Gail.

\* \* \*

A bibliotecária gingava com elegância suas ancas liderando o trio pelos corredores vazios da biblioteca.

– Isso não são horas... mas, obviamente, vocês são especiais, e são meus amigos. A causa é justa e por isso manterei a biblioteca aberta. Sei que a rainha desejaria que eu fizesse isso por vocês.

Pelo tom da voz de Lisa, Gail sabia que, no fundo, ela estava adorando poder ajudá-los.

– Quer dizer que vocês encontraram um padrão numa tabela numérica e isso pode salvar o reino?!

– Sem zombarias, Lisa – solicitou o albino, tentando não ser rude.

Lisa deu uma piscadela para Le e os conduziu a uma mesa central muito confortável. Buscou um enorme mapa do reino e o estendeu sobre a mesa.

– Podem riscá-lo, desenhar sobre ele, amassá-lo... esta é uma cópia das muitas que tenho para o Conselho de Guerra. Geralmente são usadas para traçar estratégias em reuniões. Ah! Gail sabe como funcionam as coisas no castelo. Ela mesma já buscou algumas cópias comigo a pedido de seu pai.

A filha de Bátor sorriu.

Uma folha de papel-manteiga, com as dimensões exatas do mapa, foi colocada sobre este.

– O trabalho agora é comigo. Obrigado, Lisa – disse Isaac.

– Não podemos ajudar?

– Não agora, Le. Preciso pesquisar várias medidas e fazer muitas contas. Por favor, entendam isso, e me deem um tempo.

Lisa sorriu para o anão. Ela adorou ouvir aquilo, embora os trinta primeiros minutos de silêncio na biblioteca tenham sido entediantes.

– No que está pensando? – Lisa perguntou a Gail, somente para quebrar a monotonia.

– Em Pedro, Arnie e Aurora.

Isaac ficou incomodado ao ouvir aquilo. Ele também pensava em seus amigos e sabia que eles corriam perigo. Desconsiderou a conversa e focou novamente em seu trabalho.

– Le Goff, use o poder do Pergaminho. Conte-nos onde eles se encontram e se estão bem.

Lisa achou aquilo o máximo. E antes que gastasse tempo piscando o olho, ouviu Le Goff narrar sobre a rápida viagem que acabara de fazer ao passado.

– Arnie estava beijando uma garota.

Isaac ficou pasmo com a notícia, mas não parou de fazer os cálculos. Não queria demonstrar interesse, embora achasse surreal.

"O gigante beijando uma garota."

Gail sorriu e Lisa não segurou a língua.

– Que romântico, aquele grandalhão. Foge da capital para arranjar um grande amor nas montanhas do norte. Vamos, Lili, diga-nos se ela é bonita.

O anão gaguejou algumas palavras, mas não conseguiu responder. Olhou para Gail desconcertado e de volta para Lisa.

– Eu também vi... Pedro.

– E como ele está? – perguntou Gail aflita.

– Ele estava beijando Aurora.

Lisa segurou o riso.

Gail olhou para Isaac, a fim de saber sua reação. Ele se mantinha de costas para ela e assim permaneceu. Contudo, ela sabia que ele escutara. Isaac pensava em Gail.

– Seus amigos são lindos, Lili. Devem estar aproveitando a vida já que não passam o dia inteiro tentando decifrar enigmas e salvar o mundo – caçoou a bibliotecária.

– Eles são prisioneiros na Montanha da Loucura. Arnie está procurando Aurora e Pedro, que estão aprisionados em uma masmorra.

A alegria se desfez do rosto da bibliotecária. Isaac quebrou a inércia, disposto a tomar uma decisão.

– Onde fica isso, Le? Precisamos enviar soldados da rainha para ajudá-los.

– A Montanha da Loucura, como é conhecida, fica no Planalto de Gnson. Não sei se vocês entendem, é uma montanha que, na verdade, não é uma montanha; mas foi chamada assim e muitos a conhecem com esse nome...

– Por Mou, isso fica muito distante daqui – ressaltou Lisa.

Os quatro olharam para o mapa de Enigma, localizando a região.

– Eles têm seus Objetos. Conseguirão se salvar sozinhos – respondeu Gail, tentando amenizar o pavor que começava a dominá-los.

– Os três Objetos estão em poder do gigante. Aurora e Pedro precisam se virar sozinhos, pois Arnie não sabe onde eles se encontram.

– Le Goff, não foi uma boa ideia fazermos isso – continuou Gail. – Não podemos fazer nada por eles agora, precisamos focar no que se vê ao alcance de nossas mãos. Isaac, não pare o que está fazendo.

Lisa ficara aterrorizada com as notícias sobre Arnie, Aurora e Pedro. Isaac sabia que Gail tinha razão, por isso voltou à tarefa que executava. Le Goff calou-se.

Estavam todos tristes por se sentirem tão impotentes diante de avassaladora situação.

Então, para quebrar aquele clima de tristeza, Lisa puxou conversa novamente. Ela evitava falar com Le Goff, com medo de continuar recebendo contestações.

– Eu já falei do livro que estou escrevendo para crianças? – perguntou para Gail. – É uma coletânea com várias histórias memoráveis sobre os povos de Enigma. Uma das que mais gosto é a dos irmãos siameses, você certamente a conhece, não é?

A bibliotecária não dava tempo para resposta. Le Goff revirou os olhos diante do falatório. Lisa falava baixo para não desconcentrar Isaac. A questão é que a biblioteca estava vazia e o mínimo ruído reverberava por todos os cantos.

– Há também a história de Lilibeth. Tenho certeza de que Aurora a conhece. Embora triste, é uma linda história de amor.

Le Goff não se segurou e interrompeu a bibliotecária, somente para contradizê-la.

– Que amor existe nessa história? Atoc aprisionou a esposa no alto de uma torre – o anão ficou sem graça por ter sido tão invasivo. – Passamos terríveis momentos no Pântano Obscuro, Lisa. Descobrimos a maldade de Valquíria, sogra de Lilibeth. O único amor que existe nessa história é o de Lilibeth pela filha que, em tão pouco tempo, foi arrancada de suas mãos. Essa história é, na verdade, o ponto alto da tragédia. Não deveria em hipótese alguma entrar em um livro de contos para crianças.

– Quanta ingenuidade, Lili.

O albino bufou ao escutá-la falando daquela maneira.

Gail se divertia profundamente ao assistir ao relacionamento do alado com a bibliotecária.

– *A Maldição das Fadas* é um conto brilhante sobre o amor paterno de Raguesh, um mago normês, por Lilibeth. Não acredito que você não conheça toda a história, Le Goff! É realmente estranho, vindo de você, uma vez que Raguesh procurou ajuda de Karin, o sábio anão alado que criou o Pergaminho.

A fisionomia de Le Goff mudou. Ele realmente não sabia nada sobre aquilo.

– *O inverno passou. Ela continuou a ser assombrada pela decoração de seu quarto. E assim, trancafiada, tais meses pareceram-lhe não ter fim. O monótono e gasto papel amarelado da parede, que evocava tristeza, desalento e consternação, estava de fato levando-a à loucura. Mas ela precisava sobreviver pela criança em seu ventre. Ela a queria. Com o tempo, Lilibeth passou a dizer que enxergava uma mulher andando pelas fissuras do papel. Muitas vezes, ela via uma multidão de mulheres. Todas chorando, gemendo, clamando por socorro de dentro daquelas paredes. Estavam aprisionadas e sempre surgiam à noite, como fantasmas* – a bibliotecária recitava parte da história da fada enquanto caminhava para buscar um livro na prateleira. – *Raguesh ficara sabendo sobre um anão que havia construído um Objeto com propriedades mágicas ligadas à geografia e à história. Pouco antes de Karin desaparecer para sempre com tal Objeto, ele recebeu a visita do mago. Juntos, tentaram fazer contato com Lilibeth. Acreditavam que o Pergaminho seria capaz de manifestar outros poderes como o de localizar coisas perdidas, como se fosse um mapa, e até mesmo de proporcionar a comunicação entre duas pessoas distantes uma da outra.*

— As pessoas que apareciam para Lilibeth no papel de parede amarelo — sussurrou Gail.

— Não eram fantasmas, minha querida, mas as irmãs da fada.

Le Goff estava petrificado. Todos os Objetos, até aquele momento, manifestaram novos poderes ao se aproximarem uns dos outros, menos o dele. Finalmente, parte de seus questionamentos fora respondida. O Pergaminho seria capaz de mostrar a localização de coisas perdidas, assim como promover a comunicação a distância. Formidável! Ele só não sabia ainda como.

— Besteira, Lisa! — resmungou o alado, para surpresa das garotas. — Isso não passa de historinha para fazer criança dormir.

A bibliotecária não esperava escutar aquilo, nem Gail esperava a reação do albino. Lisa mostraria a história completa para Le Goff, mas foi ignorada, ficando parada com o livro aberto na mão.

— Continue escrevendo o que as pessoas gostariam de ler. Isso não significa necessariamente que sejam verdades — finalizou o albino afastando-se na direção de Isaac.

A noite chegou e eles permaneciam trabalhando na biblioteca.

Isaac gastou horas para finalizar os cálculos e reproduzir em tamanho menor as mesmas medidas da espiral e do mapa do vitral da Sala do Trono, nas enormes folhas de papel.

Foram utilizadas informações de livros contendo as medidas reais da construção.

A folha de papel-manteiga, com os números traçados, sobre o mapa já deixava tudo muito claro. Ainda assim, Isaac usou a abordagem de mínimos quadrados para encontrar um modelo de regressão linear e tornar mais precisa cada direção encontrada.

Quando, finalmente, conseguiram simular a projeção dos números sobre o mapa, ficaram boquiabertos com o que encontraram.

– O que foi? O que vocês estão vendo aí? – perguntou Lisa, a única que não conseguira enxergar os detalhes da junção dos dois desenhos.

– Observe os números 101, 109, 131, 197 e o caminho de números primos em cada uma dessas direções, Lisa – apontou Gail.

A bibliotecária percebeu que os quatro números marcavam respectivamente as regiões do Cemitério Esquecido dos Anões Alados, da cidade de Finn, da cidade de Parveen e da Baía dos Murmúrios.

– Isaac encontrou os Dados de Euclides em Finn – explicou Gail.

– O Cubo de Random estava em Verlem – apontou Isaac, mostrando que o caminho de números primos que descia do centro do mapa para sudeste passava por esta cidade.

– Aurora encontrou o Manto de Lilibeth em Matresi e, acredito eu, que a Pena de Emily tenha sido descoberta por Pedro próximo a esta mesma região – completou Le Goff, circulando com o dedo no mapa a região nordeste de Enigma. – O Pergaminho do Mar Morto, assim como os Braceletes de Ischa, encontravam-se ambos no Cemitério dos Anões.

A esta altura dos acontecimentos, Lisa já compreendera a conclusão a que Isaac, Gail e Le Goff haviam chegado. Então, ela mesma completou:

– O sétimo e último Objeto de Poder está em Parveen.

Isaac sacou os dados da sacola e os rolou. Todos indicaram números elevados e a moeda de ouro caiu com a face da coruja virada para cima.

– Muito provavelmente, Lisa. Muito provavelmente – respondeu ele, enfático.

# INIMIGOS DO REINO

Isaac não treinou na manhã do dia seguinte. Isso porque dormiu muito tarde e sentia-se extenuado por causa do trabalho na biblioteca.

Le Goff bateu na porta de seu quarto às 10 horas da manhã.

– Vamos, levante-se. Preciso lhe mostrar uma coisa.

O matemático, que mal havia escovado os dentes e trocado a roupa de dormir, saiu correndo, acompanhando o anão.

– O que é tão urgente assim, Le?

– Não me pergunte nada. Apenas me acompanhe, Isaac.

Atravessaram para o outro conjunto de torres do Smiselno, desceram alguns lances de escada e subiram outros tantos. Porcino notou a urgência com que a dupla seguia para os andares superiores da ala reservada aos aqueônios.

No trajeto, pela janela, viram dois gatos alados passarem num voo rasante. "Fascinante", pensou Isaac. Le Goff fechou a cara.

Em poucos minutos, os possuidores encontravam-se nos aposentos do aqueônio.

– O que fazemos no quarto de Pedro?

– Você precisa ver isso, Isaac.

Le Goff caminhou até o último cômodo.

– Certamente, não informaram ao camareiro que o rapaz foi embora. Esta manhã, eu investiguei os fatos que antecederam sua fuga junto com o gigante. Como não pensei nisso antes? Que tolo!

Isaac ficou incomodado pela forma com que Le Goff se referiu a Arnie. Ele poderia ter falado seu nome, e não apenas "gigante".

– Pedro manteve um gato alado preso em seu quarto durante dias.

– O quê?

– Ele queria obrigar o gigante...

– Pare de falar assim!

– Assim como?

– Ele queria obrigar Arnie. O gigante é nosso amigo e tem um nome: Arnie.

O albino não gostou de ser corrigido. Mas este fato era o menos importante no momento.

– Pedro obrigou Arnie a se transmutar em um gato alado para que tivesse um transporte para levá-lo com rapidez até a Montanha da Loucura. Arnie não partiu porque quis. Eu sempre desconfiei do caráter daquele garoto rabudo. Ele só estava usando o giga... usando Arnie. E foi capaz de chantageá-lo.

– Le! – Isaac não se segurou. – Pare com isso. Eu não vou pensar mal de Pedro somente porque você se refere a ele desta maneira. Ele permanece do nosso lado e Arnie também. Eles são nossos amigos.

O anão não sabia o que dizer. A maturidade levou Isaac a jogar limpo e ser bastante direto com o albino. Isso deixou Le Goff desarmado.

O fato era que, se o anão continuasse a falar daquela maneira depreciativa do aqueônio e do gigante, ninguém mais acreditaria nele. E Isaac lhe passou muito bem esta mensagem.

— Bom. Isso realmente não vem ao caso agora e não é relevante — respondeu desdenhando das palavras que lhe convidavam à razão. — O fato é que...

Le Goff ficou paralisado ao entrar no último cômodo.

— Céus!

— O que foi, Le?

Isaac olhou para o lado e se deparou com a jaula usada como cativeiro. Ela estava vazia com as grades empenadas, a portinhola aberta e as cordas emboladas ao lado.

— Ele fugiu.

— O camareiro não sabia que Pedro tinha ido embora e continuou a alimentar o animal. Eu precisava ver isso com os próprios olhos, por isso o chamei para vir aqui.

Isaac abaixou-se para observar melhor a cordoalha no canto da jaula; estava intacta, como se alguém as tivesse desamarrado. O amontoado de cordas não parecia ter sido cortado por um animal. O garoto passou a mão na grade retorcida, certificando-se que era, de fato, resistente. Quem havia libertado o gato?

Um baque surdo chamou a atenção deles. O som veio do cômodo de entrada.

— Deve ser o camareiro — sugeriu Isaac, levantando-se e caminhando até a janela para observar o pátio lá embaixo. Era dali que todas as manhãs Pedro o observava treinar. Sentiu saudades dele.

— É tarde. Supostamente ninguém mais visitaria estas acomodações — rebateu Le Goff pressentindo o pior.

A mente de Isaac ficou inquieta. Era como se pudesse sentir os dados aquecidos dentro do bolso. Um presságio. Uma ameaça pairava no ar.

Isaac e Le Goff retornaram mansamente para o primeiro cômodo, sem fazer barulho. Antes que chegassem lá, Isaac gritou:

– Volte, Le Goff.

O anão não obedeceu. Só parou quando ouviu o som pavoroso de chocalhos.

O anão foi ao passado e voltou num piscar de olhos. Isaac sequer percebeu.

– Cobras! Para trás, para trás!

O matemático retrocedeu e seu primeiro lamento foi o de não portar ali uma espada.

– Trancaram a porta de entrada e o quarto está abarrotado de cobras.

Isaac espantou-se com a notícia. A adrenalina colocou todos os seus sentidos em alerta. Eles ficaram presos no alto da torre do castelo, num quarto cheio de serpentes.

O chocalhar das cascavéis intensificou-se. A cabeça de uma enorme cobra coral surgiu no corredor por onde eles haviam retornado.

– Como vieram parar aqui, Le? Estamos em um castelo fortemente protegido e vigiado.

– Para trás, para trás, para trás...

Não houve tempo para explicações, embora Le Goff já as tivesse, porque ao viajar no tempo, viu o que ocorrera minutos antes nos cômodos anteriores.

As cobras pareciam famintas e farejavam cada canto por onde passavam, avançando cada vez mais na direção deles. Destilavam veneno das presas afiadas e sibilavam como demônios com o desejo de causarem danos aos mortais.

Em pouco tempo, Isaac e Le Goff se viram encurralados.

Le Goff lamentou não ter Arnie por perto para pedir-lhe emprestados os braceletes e sair voando.

Lençóis, colchão, jaula, tudo o que ficara ao alcance das mãos de Isaac foi entulhado no corredor. A tentativa de impedir as serpentes de chegar até eles, contudo, parecia inútil. Os animais, desejosos por comida, ultrapassavam todas as barreiras arrastando-se, esgueirando-se, subindo e descendo por entre frestas e buracos de cada objeto lançado em sua direção.

– Isaac, vamos morrer.

– Não tenho tempo para rolar os dados e verificar isto, Le Goff – respondeu o garoto, zombando de sua própria condição.

– Eu não estou te pedindo para rolar os dados. Estou afirmando: vamos morrer.

– Precisamos pular sobre elas.

– Não adianta!

– A saída é do outro lado.

– Ela foi trancada por fora. Armaram uma cilada para nós.

O desalento tomou conta do matemático. Ele entendeu que Le Goff utilizara o poder do Pergaminho para investigar o ocorrido, mas não havia tempo para pedir mais explicações.

Num lampejo, uma ideia veio à mente de Isaac, quando ele pegou o amontoado de cordas para lançar contra os répteis. Na prática, era a única coisa que restara no canto vazio do serpentuário em que eles se encontravam.

– O que você está fazendo, Isaac?

O quanto antes o garoto trabalhasse a cordoalha, mais chances teriam de se salvarem. Desta vez, era ele que não tinha tempo de dar explicações.

Uma cascavel deu um bote na direção do anão. Isaac chutou a serpente, antes que ela picasse Le Goff. Rapidamente o garoto deu as costas aos répteis e subiu no parapeito da janela, jogando, em seguida, o rolo de corda para fora. Le Goff viu aquilo e protestou.

– Você está louco! Vai se jogar do alto da torre?

Cinco serpentes adentraram o quarto e rastejaram até o pé da janela. Le Goff foi obrigado a subir. E teve sorte de tê-lo feito antes de um bote alcançá-lo. Só, então, o anão percebeu o que seu amigo fizera: Isaac havia preparado um laço perfeito com a corda e o encaixara no ornamento de pedra externo da linha de construção, entre as janelas contíguas de dois quartos. Tudo isso antes de jogar a outra ponta para baixo.

Não houve tempo para tomada de decisão, porque ficar no quarto com as serpentes não era opção viável.

– Fique agarrado em minha cintura, Le. Não me solte por nada. Vamos descer!

O anão obedeceu, mas gritou, quando sentiu seu corpo cair, preso ao de Isaac.

O berro chamou a atenção das pessoas no pátio e provocou uma sequência de sons de espanto e agonia. A altura em que se encontravam era enorme. Uma queda significaria morte certa.

Com a musculatura dos braços queimando, Isaac sabia não se achar capaz de aguentar muito tempo todo o peso de seu corpo, somado ao do anão. Agradeceu inúmeras vezes por ter sido obediente às instruções de Bátor e aprendido a fazer aqueles laços e nós em cordas. Mas percebeu que não exercitara seus músculos o suficiente para escapar do alto de uma torre infestada de cobras.

– Le, eu não vou aguentar por muito tempo. Largue meu corpo e agarre a corda!

O anão entendeu, mas tremia tanto que seria mais fácil ele desmaiar e cair do que conseguir mover-se conforme lhe fora instruído.

As mãos de Isaac deslizaram na corda, queimando e fazendo-o urrar de dor.

Bátor chegou correndo ao pátio. Olhou para o alto e ficou apavorado. Perguntou-se como Isaac e Le Goff haviam chegado àquela condição. Correu e ficou próximo do ponto onde eles cairiam, se por acaso se soltassem da corda, como se pudesse ampará-los da queda.

Pouca coisa poderia ser feita. No entanto, o chefe da guarda não ficaria parado. Precisava fazer algo. Gritou para que outros soldados ajuntassem panos e cobertas que pudessem amortecer o possível impacto no solo.

Afoito, desenrolou o tecido que formava a cobertura de uma tenda ornamental e gritou para que outros homens o ajudassem a mantê-la esticada imediatamente sobre o amontoado de panos que haviam formado.

Bátor aparentava uma triste certeza: todo aquele trabalho seria em vão. A queda não seria amenizada em nada com o aparato criado de improviso.

O paladino tentava olhar para o alto e acompanhar seus amigos, mas sua preocupação em tensionar o tecido da tenda, juntamente com os outros homens, o obrigava a baixar a cabeça. Aguardavam pesarosos a queda.

Gritos de horror anunciaram o que já se esperava. Os dois corpos despencaram verticalmente como chumbo.

A vertigem subiu do estômago para a boca de Isaac, enquanto sentia seu corpo ser lançado de um lado para o outro. É impossível saber o que Le Goff sentiu, porque desmaiou.

Um vórtice de ar moveu-se de um lado para o outro como uma mão a balançar um berço. Gail esticava os braços na direção dos amigos. As enigmáticas peças do cubo, que trazia nas mãos, se moviam sozinhas ao redor do eixo central, provocando os golpes de ar que amenizaram a queda do garoto e do anão.

Seus corpos tocaram o chão do pátio como uma pena que desce tranquila, levada pelo vento. Pousaram ao lado da armação improvisada pelo paladino.

Todos respiraram tranquilos e cheios de alívio, exceto Le Goff que ainda se encontrava inconsciente.

A tranquilidade repentina foi quebrada por Lisa que surgiu no portão do pátio. Ela fora avisada da iminente queda do anão do alto da torre. A anã alçou voo e rapidamente pousou ao lado do corpo de Le Goff. Ela o chamava desesperadamente pelo carinhoso apelido.

– Lili! Oh, Lili, não morra! Meu Lili.

Ficou óbvio que ela exagerava no drama que promovia, porque continuou a gritar mesmo ao constatar que o anão ainda respirava.

Com o rosto abaixado, próximo ao de Le Goff, Lisa espiou desconcertada e, de forma impulsiva, colou um beijo no anão, como se estivesse fazendo respiração boca a boca para salvá-lo.

Le Goff abriu os olhos, que nunca haviam estado tão perto dos da bibliotecária.

Ela levantou a cabeça e se afastou.

– Ele está vivo. Ele está vivo! Por Mou, ele está vivo! – Bátor segurou o riso.

Gail achou aquilo a coisa mais romântica que a bibliotecária poderia inventar. Desviou os olhos para Isaac e ameaçou sorrir.

Não houve tempo para agradecimentos ou explicações, nem mesmo para risos, pois o albino levantou gritando:

– A rainha, salvem a rainha!

A verdade é que as pessoas pensaram que ele fizesse ali algum tipo de saudação.

Quando, porém, Le Goff correu para a entrada do castelo em direção à Sala do Trono, Bátor compreendeu o que sucedia. Contudo, Gail foi quem verbalizou a situação.

– A rainha corre perigo!

Lisa colocou a mão direita sobre o peito, à maneira como faz alguém prestes a ter um ataque cardíaco.

– É impossível não sentir fortes emoções quando se está perto deles – disse, referindo-se aos possuidores dos Objetos. – Acho que eu é que vou desmaiar.

Ainda no pátio, Bátor viu uma cena intrigante: vários gatos alados voavam próximos às janelas da torre principal do castelo. Nunca antes ele avistara tantos animais daqueles, juntos. Sentiu que havia ligação com a queda de Isaac e Le Goff e agora com o perigo que a rainha corria.

A Sala do Trono situava-se no terceiro andar e era vigiada por inúmeros grupos de soldados, divididos no que eles chamavam de *camadas de segurança*. Mantinham-se todos a postos em seus lugares. Não parecia existir ruptura alguma na paz encontrada com frequência no castelo. Estava tudo em ordem, desde as estruturas físicas até o comportamento dos súditos. O que Le Goff estava dizendo?

Ao comando de cabeça de Bátor, os guardas abriram a enorme porta da Sala do Trono para que o albino entrasse. Na sala, vazia e silenciosa, pairava uma atmosfera de morte.

Bátor tomou a dianteira, seguido por Isaac e Gail. Le Goff ficara para trás. Atravessaram a porta lateral e chegaram à Sala de Guerra. Pararam horrorizados.

Um homem vestido de preto, com o rosto oculto por uma máscara, segurava com força a rainha, presa à frente de seu corpo, e com a outra mão apontava uma adaga na direção da mulher indefesa.

Porcino parecia uma estátua do outro lado do salão. Dois gatos alados miaram sobre a mesa, bem à frente dele. Outros dois animais pousavam na janela sul do recinto.

Isaac, Bátor e Gail, ainda confusos sobre tudo o que acontecia, reconheceram o homem que ameaçava a rainha Owl. Pelas vestes, tratava-se de um espião de Ignor.

Como ele chegara até ali sem ser notado pela guarda? Estaria Porcino por trás de uma infame traição ao reino?

Antes que tais pensamentos ganhassem força na mente dos destemidos amigos da rainha que, apavorados, contemplavam a terrível cena; embasbacados, eles assistiram a um gato se metamorfosear em um espião. Ele se postou atrás do mão direita da rainha, prendendo-o pelo pescoço com uma das mãos.

Os dois animais na janela seguravam ferramentas, que lançavam na direção do espião que acabara de deixar sua forma felina. Eram adagas. Na forma de inofensivos animais, eles conseguiram se infiltrar, invadir o castelo com armas e render a rainha.

Em seguida, os outros animais também se transformaram em humanos, em espiões ameaçadores com armas em punho. A vida da rainha e de Porcino estavam no fio das lâminas.

– O animal mantido em cativeiro no quarto de Pedro foi solto por outro. Juntou-se ao seu bando, que retornou ao quarto enchendo-o com serpentes, enquanto nós investigávamos a jaula arrombada. Eles trancaram a porta, antes de novamente se metamorfosearem – explicou o albino em voz alta.

Na verdade, Le Goff tentava ganhar tempo. Temia pela vida da rainha Owl, por sua própria vida e pela de seus amigos.

É desnecessário dizer o *déjà-vu* vivido por Isaac. Ele não ousaria negociar seu Objeto de Poder em troca da vida da rainha, assim como fizera quando a vida do paladino se encontrava em perigo em Abbuttata. Aquela foi a pior decisão que tomara em toda sua vida.

Bátor mantinha sua espada em posição defensiva. Gail sentia o poder do cubo aquecer suas mãos, mas não podia fazer nada, enquanto não tivesse certeza da segurança da rainha.

– Nossos inimigos vinham há meses espionando o castelo: ouvindo as conversas, aprendendo as rotinas de cada empregado, observando-nos. Tiveram chances de atacar muitas vezes, mas foram astutos, esperaram o momento propício para isso. Utilizando magia de *goblins* eles nos enganaram – concluiu Isaac.

– O que vocês querem? – perguntou Bátor.

– Que enviem mensagens aos quatro cantos do reino, dizendo que há paz. E que os exércitos regionais deixem os postos de vigia e os soldados retornem para suas famílias – respondeu o espião que mantinha a rainha como refém.

Isaac olhou nos olhos do chantagista e viu que era Relâmpago, o gato a quem se afeiçoara. Sentiu-se traído, enquanto contemplava os enormes olhos verdes do espião de Ignor.

Os outros dois felinos que pousaram por último na janela voaram até o chão e, em instantes, seus corpos se transformaram.

Outros dois gatos aterrissaram na janela igualmente aos anteriores. Se as coisas continuassem a acontecer daquele jeito, em questão de instantes, todo o palácio estaria infestado por assassinos.

Isaac contemplou Porcino à beira da morte e se lembrou das palavras de Bátor: "alguns homens só podem se dar ao luxo de não serem violentos porque outros homens necessitam agir com violência para livrar aqueles primeiros das pessoas que são violentas por natureza".

– Foi assim que vocês impediram os ataques ao sul do Mar Morto e fizeram a previsão de Isaac falhar. A mensagem de que Arnie salvaria o povo da aldeia foi levada por gatos alados, horas antes de o gigante partir na mesma direção. Vocês, muito provavelmente, sabiam que eu poderia investigar o passado e descobrir o que ocorreu dentro do navio que acabou abortando o ataque. Sendo assim, orientaram o mensageiro a usar códigos para se comunicar com o capitão ao chegar à baía. Esplêndido! Tenho que admitir. Vocês nos ensinaram muitas coisas com tudo isso.

Le Goff simplesmente não sabia o que fazer, então continuaria a falar até que fosse interrompido.

– Não temos tempo a perder. Entreguem seus Objetos – ordenou o espião que segurava a rainha.

Bátor olhou nos olhos da rainha e encontrou certa determinação. Isso o fez temer.

– Eu já estou muito velha. Não se rendam por minha causa – respondeu Owl.

Gail não acreditou no que ouvira e Isaac engoliu em seco. Porcino tremia como vara verde.

– Mais do que justa a minha morte pela liberdade de meu povo – continuou a soberana, até ser repreendida pelo espião que lhe encostou a adaga ainda mais profundo na garganta.

O fio da arma branca riscou a pele da rainha, fazendo com que um filete de sangue escorresse por seu pescoço.

Muitos morreriam naquela sala, naquele dia.

# CHUVA DE SANGUE

Com exceção dos espiões de Ignor, todos se comoveram com o ato de nobreza da rainha em se entregar por amor à Enigma. Mas ninguém queria que Owl morresse, ainda que por uma justa e importante causa.

Le Goff sentia que precisava fazer o espião afrouxar a adaga no pescoço da rainha, por isso voltou a tagarelar.

– O que os fazem obedecer ordens descabidas e perseguir pessoas de bem? – perguntou o anão, voltando-se comedidamente para cada espião. – Vocês são escravos de um regime que dissemina o terror, pensem nisso. Precisam de uma soberana como esta mulher. Ela acabou de dizer que entregaria a própria vida por amor ao seu povo. E quanto aos seus líderes? Quais deles se entregariam por vocês, pelo mais poderoso de vocês?

O anão apontou para Owl, ao falar do sacrifício que se propôs a fazer.

Expressando sua total impiedade para deixar claro que não estavam ali para brincadeira, o espião que prendia Porcino arrastou sua adaga com intrepidez ao longo do pescoço do mão direita da rainha, abrindo-lhe um rasgo de fora a fora.

Gritos de pavor e susto ecoaram pela ampla Sala de Guerra.

O golpe do espião pegou todos de surpresa e elevou o nível de tensão entre os oponentes, quando o corpo de Porcino tombou sem vida.

A rainha abafou o grito, mas não conseguiu impedir que seus olhos se enchessem de lágrimas. Ela sabia que Porcino não fora, nem de perto, um de seus melhores conselheiros, ainda assim ele não merecia tal fim.

Owl lembrou-se de quando seu mão direita cedeu ao clamor de segmentos da sociedade de Corema, que tumultuavam as assembleias exigindo a liberação irrestrita dos gatos alados em quaisquer áreas da cidade. Pouco tempo depois, criminalizou a caça aos animais. Porcino trabalhara com afinco para isso. Agora se tornara vítima de tudo aquilo pelo qual lutou, pressionado sabe-se lá por quem. Certamente, por infiltrados de Ignor nas assembleias.

– Não vamos repetir. Entreguem seus Objetos mágicos. E você – disse olhando para Bátor –, sua espada.

E então algo estranho começou a acontecer.

O albino arregalou os olhos e franziu a testa por causa do susto, e soltou um grito em seguida, espantando a todos.

Os olhares de Bátor e Isaac também se arregalaram e cada espião começou a demonstrar inquietação e a dar um passo para trás.

Gail não sabia o que acontecia, mas sua mente lógica funcionando a mil por hora lhe trouxe certa segurança de que tudo aquilo se relacionava a um dos Objetos de Poder que ali se encontrava.

A rainha e o espião que a mantinha presa foram os últimos a perceberem o sobrenatural, pois permaneciam de costas para a enigmática e assustadora cena.

A primeira impressão de todos foi a de que a gigantesca tapeçaria dourada se movia. Depois a sensação de que o dragão ali desenhado ganhara vida. A única certeza era de que imagens desconexas começaram a aparecer como fantasmas ao redor do grande monstro tecido nela.

O assombro intensificou-se quando inúmeros rostos assustadores surgiram no tecido amarelo.

Ao perceber que conseguira desviar a atenção dos espiões, Le Goff desfez a careta de simulado horror, cutucou Gail, sem que o notassem, e abriu bem os olhos, direcionando-os à rainha. Tudo aconteceu em um instante tão ínfimo que pareceu ensaiado.

Distraídos pelas aparições na imensa arte decorativa da Sala de Guerra, os espiões que ficavam próximos à rainha sequer viram o que os atingiu. O vórtice de Gail.

Owl moveu-se de modo rápido como uma serpente, escapando das garras de seu algoz. Empurrou a mão do espião com a adaga contra o peito do próprio inimigo, ferindo-o gravemente. Em seguida, jogou-se ao chão. Não porque soubesse o que fazer. Ela apenas se deixou cair, devido ao cansaço.

Outro golpe de ar, desferido por Gail, neutralizou definitivamente o perigo contra a rainha. O espião que se passara por Relâmpago foi lançado na direção da tapeçaria onde já não existiam mais fantasmas.

– Pegue minha espada, Isaac! – gritou Bátor.

O chefe da guarda lançou sua arma no ar e o matemático a segurou com maestria.

Bátor pulou sobre a mesa, deslizou e acertou um dos espiões com a perna. Ágil como uma flecha, arrancou-lhe a adaga da mão e cortou-lhe a garganta da mesma forma como ele fizera com Porcino.

Após eliminar o primeiro alvo, correu na direção da rainha, servindo--lhe de escudo.

Le Goff gritou para Owl e, puxando-a aos solavancos, fugiram para a Sala do Trono.

Gail ergueu as mãos, produziu outro vórtice e o direcionou contra os espiões do outro lado da mesa. Seus corpos foram empurrados contra a parede, arrastados verticalmente enquanto se debatiam contra uma força que não podiam enxergar. Ao chegarem ao alto da parede, foram lançados para fora do salão, através das janelas superiores.

Isaac digladiava contra dois outros oponentes. Nunca imaginou que as aulas de esgrima e defesa pessoal com Bátor lhe seriam úteis tão cedo.

O matemático desviou de um golpe, subindo em cima da mesa de reuniões e deu um pontapé no espião que o seguia – o que, na verdade, se pareceu mais com um coice. O inimigo retrocedeu.

Em seguida, o garoto pisou na mão do outro espião, à sua frente, que tentava pegar a adaga que lhe escapara. Seu oponente agarrou-lhe a perna com a outra mão. Isaac corria o risco de ser ferido pelo inimigo que nocauteara com o pé, segundos antes de ficar preso.

O deslocamento de ar promovido por Gail empurrou contra a parede os oponentes de Isaac, que caiu sentado sobre a mesa. Por sorte, o vilão lhe soltara a perna; caso contrário, o matemático também teria sido arremessado.

A menina piscou o olho para o garoto, que lhe respondeu da mesma maneira.

– Foco, Isaac! – gritou Bátor.

O paladino não costumava baixar a guarda em batalha. Sempre se lembrava de como Hajnal morrera zombando de seus inimigos ao final da batalha contra Ignor.

Isaac embruteceu o cenho e partiu para cima de seus inimigos como uma flecha veloz.

Bátor e Gail se surpreenderam com a intrepidez do matemático.

Os espiões de Ignor que se encontravam na Sala de Guerra viam-se praticamente dominados.

Enquanto isso, na sala ao lado, Le Goff e a rainha corriam na direção do grande pórtico de entrada. Assim que o abriram, pediram socorro.

– Mobilizem todos os arqueiros! – gritou Le Goff.

Assustado ao ver a rainha sendo puxada pela mão do anão, a primeira reação do oficial da guarda foi apontar a lança na direção do albino. Instantaneamente, houve o consentimento da rainha para que a ordem de Le Goff fosse cumprida.

Um dos soldados chegou à janela mais próxima e espantou-se.

– Por Mou!

Uma multidão de gatos alados – como um enxame de abelhas – voava do sul em direção ao castelo.

Owl e Le Goff se aproximaram para ver o céu. Estavam, de fato, sob um inclemente ataque.

– Atirem em todos os gatos que estiverem no ar! – ordenou a rainha.

Em instantes, inúmeras flechas cortavam o céu de Corema. Os felinos caíam como gotas grossas de uma bizarra chuva.

Durante a queda, seus corpos se alteravam para os de espiões vestidos com um manto preto. Nem nos tempos mais sombrios vividos em Corema, quando reis mesquinhos reinavam, viu-se uma cena igual. O céu parecia desabar sobre a cidade.

Os guardas da rainha já garantiam a segurança interna, quando Isaac, Bátor e Gail correram para um dos muros do Smiselno.

A garota usava o poder de seu Objeto para desorientar o voo dos gatos inimigos. Os invasores alados precipitavam-se na passagem sobre os muros do castelo, alguns com vida. Tanto estes quanto os que pousavam com segurança eram surpreendidos pelas lâminas das espadas de Isaac e Bátor, que lutaram ao lado de toda a guarda real para defender o Smiselno.

* * *

A batalha durou menos de uma hora, apesar de, para os combatentes, parecer metade de um dia. As coisas só ficaram realmente em paz quando um porta-voz da rainha se pronunciou à população de Corema, explicando a invasão que tinham sofrido, anunciando também a morte de seu mão direita.

Uma hora depois, na Sala do Trono, a rainha terminava de falar aos súditos:

– De todas as faces do mal, a mais perigosa é geralmente a mais dócil. Sorrateiramente, ela nos arrebata a alma e nos faz baixar a guarda. Sempre se utiliza da comoção para engendrar seus astutos planos, a fim de nos fragilizar e, então, nos vencer. Corema está de luto, porém salva!

Isaac olhava para o domo no teto do salão, voltara a pensar no enigma da espiral numérica que fora decifrado: uma arquitetura formidável ocultando um grande mistério.

Gail observava seu pai. Certamente ele se culpava. Como não desconfiaram dos gatos?

Agora todos sabiam como os espiões haviam chegado até Isaac, na cidade de Finn, e perseguido Gail, na Pousada do Arqueiro.

Enquanto os súditos se dispersavam após a reunião com a rainha, Isaac observou Le Goff se aproximar com um sorriso estampado no rosto. O anão estava orgulhoso, pois salvara a rainha.

– Como você descobriu que era possível?

— A pergunta não é como, mas quando, Isaac – interrompeu Gail.

— Desde que nos apresentamos à rainha, ao chegarmos à Corema, eu tenho pesquisado a história de Lilibeth para tentar compreender o comportamento de Pedro e Aurora – respondeu o anão, apontando para o Pergaminho. – Na biblioteca, Lisa revelara uma nova versão da história secreta das fadas: a verdade sobre os fantasmas no papel de parede amarelo. A partir daí consegui projetar todos nós na tapeçaria dourada e desviar a atenção de nossos inimigos.

— Não entendo. Por que esses detalhes não constam na história oficial? – perguntou Isaac.

— Porque ela foi escrita por Gulliver, o camareiro de Lilibeth. Só ele seria capaz de escrever o que viveu no farol. Provavelmente, nunca ficou sabendo o outro lado da história.

De repente, a voz de Lisa interrompeu o anão, reforçando o que ele falava.

— Os anões alados não registraram a versão que coloca Raguesh como protagonista, porque não a acharam relevante. Mesmo porque toda a atenção de Karin, à época, voltara-se para provar a Bene Véri sua inocência na morte de Ischa. A versão que resgatarei em meu livro de fábulas para crianças das Altaneiras é...

Todos sabiam o que ela falaria em seguida:

— ... a que o Povo Encantado escreveu e que a maioria das pessoas não conhece – Isaac e Gail disseram praticamente juntos, provocando risadas nos ouvintes.

— Enquanto eu tentava ganhar tempo, conversando como um tagarela com os espiões de Ignor – Le Goff acentuou a entonação da palavra tagarela, olhando para Lisa –, fiz três viagens ao passado. Lisa falou que o Pergaminho do Mar Morto seria capaz de manifestar outros poderes, encontrar coisas perdidas, abrir portais... Eu estive com Lilibeth no alto da torre em Matresi, mas também com Raguesh e Karin na Cordilheira Imperial, enquanto tentavam fazer contato com a fada. Uma superfície amarela era tudo o que eles precisavam para a comunicação ocorrer, mas eu ainda não sabia o que me faltava.

O albino fez silêncio.

– Você descobriu – disse Gail.

– Não mais do que eles no passado. Consegui apenas projetar nossa imagem na tapeçaria, mas uma projeção cheia de falhas e interferências.

– Aqueles rostos disformes, fantasmagóricos, eram tudo o que precisávamos – confessou Bátor.

– Qual foi a terceira viagem, Lili – perguntou Lisa, deixando o anão constrangido –, a terceira que você fez enquanto ganhava tempo para salvar a rainha?

Le Goff olhou para a bibliotecária e achou estranho. Não teve vontade de repreendê-la, ser rude ou mesmo ignorá-la. O que estava acontecendo? Ela parecia diferente aos olhos do albino.

Ele apreciou o sorriso de Lisa fazendo-lhe a pergunta e constatou que, em definitivo, não havia nada de diferente com ela, mas sim, com ele.

– A terceira viagem foi ao Pântano Obscuro, Lisa.

A resposta surpreendeu a todos. Principalmente, o tom de voz com que o anão se dirigiu à anã.

– Eu fiz a mesma viagem que Arnie, ao tentar obter para Pedro informações sobre o paradeiro de Aurora.

Ninguém, nem mesmo Lisa, foi capaz de perguntar o porquê.

– *Mas eu não sei como fiz isso, Gail* – falou o gigante. – *É a união dos Objetos. Quando um Objeto de Poder se aproxima de outro, seus poderes são potencializados* – respondeu Huna.

Quando Le Goff disse trechos do que conversaram no pântano, Isaac e Gail se lembraram da conversa e de toda a discórdia que se seguiu.

– *É algo ligado à mente* – Le Goff continuou recitando frases ditas na conversa do passado. – *Não à mente, minha doce menina, mas ao coração.*

Todos entenderam.

– Existe um conto interessantíssimo sobre as virtudes e os anjos; tenho certeza de que já o ouviram. Não há em todo o reino uma criança que não o tenha escutado da boca de seus pais – Lisa não se conteve e disparou a metralhar os amigos com a conversa sobre o livro que pretendia publicar. – Aposto que você também se lembrou dele, Lili. Talvez de maneira inconsciente, porque é assim que dizem que as coisas acontecem em nosso mundo. Todas as vezes que somos inclinados a exercer o bem e a evitar o mal, algo mágico acontece... Precisamos marcar um encontro na biblioteca para lermos todos esses contos infantis. Vocês irão se surpreender.

Bátor acompanhava a conversa de longe, admirado pela astúcia e atitude que Isaac, Gail e Le Goff mostraram ao salvar a rainha e defender o castelo contra os espiões de Ignor. Ele ficou satisfeito por ora. Tudo terminara bem.

Quando o chefe da guarda foi para casa com sua filha, Isaac não deixou Le Goff se recolher. Uma inquietação lhe roubava o sono. Ele queria conversar.

– Você está com medo de que um gato alado surja em seu caminho no meio da noite, Isaac? – brincou o anão.

Eles pararam na amurada e contemplaram o céu noturno estrelado de verão. A brisa fresca soprou em seus rostos.

– Nossos Objetos são os únicos que não são de ataque.

O albino confirmou com um gesto de cabeça e deixou que o matemático continuasse o raciocínio.

– E a defesa que eles nos proporcionam nem de longe ajudaria em uma batalha.

– Por isso você decidiu aprender a manejar uma espada?

– De forma alguma.

Le Goff riu alto.

– Conte outra, Isaac. O que tanto o inquieta? Vencemos.

– Me empreste seu Objeto.

– O quê?

– Por favor, deixe-me usar o Pergaminho?

O anão entendeu por que Isaac o tinha segurado para uma conversa.

– Isaac, eu sei o que você pretende fazer. Não é assim que funciona.

O menino estancou, pálido.

– Não. Você não sabe.

– E quer um conselho? Tome uma atitude antes que outro a tome em seu lugar.

– Sobre o que você está falando, Le Goff?

– Diga à Gail o quanto você a ama, garoto. Ela sente o mesmo por você. Não preciso ser vidente para saber. Matemática e lógica têm tudo a ver. O que você espera? Beije-a, Isaac.

– Ei! – Isaac gritou, constrangido, porém com vontade de rir.

– Você quer o Pergaminho para espiá-la? Não minta. É isso a primeira coisa que um garoto apaixonado faria: tentar descobrir se a garota que ama também pensa nele, se ela fala dele em suas conversas a outras pessoas que nem o conhecem...

– Empreste-me o Pergaminho, Le – insistiu.

O anão passou seu Objeto de Poder para as mãos do amigo. Isaac desejou aparecer em outra época e lugar, então, contrariando as suposições do albino, o matemático foi transportado.

# A VIAGEM DE ISAAC

O auditório achava-se lotado.

Isaac olhou para o Pergaminho em suas mãos.

Fantástico! O Objeto de Poder o conduzira para, aproximadamente, quinhentos anos atrás. Ele estava na última conferência em que Euclides palestraria.

Seria impossível para o garoto saber quem eram todas aquelas pessoas sobre o púlpito, mas ele reconheceu o grande matemático. Euclides era, exatamente, como desenhado na ilustração de seu livro de Álgebra.

A admiração de Isaac não lhe permitiu sair do lugar onde se encontrava: sobre o tablado junto das maiores mentes matemáticas que Enigma já conhecera.

As folhas com os rascunhos da teoria das probabilidades viam-se ali, nas mãos de Euclides. O professor olhou para uma mulher sentada na plateia, à sua esquerda, e sorriu. Ela respondeu com um movimento de cabeça que significou encorajamento.

Isaac sentiu que o casal se amava. Havia algo de puro e verdadeiro entre eles. Seriam irmãos? Como? Isaac nunca ouvira falar sobre os pais ou possíveis irmãos do grande matemático, nem mesmo de uma mulher amada.

Em breve, ele descobriria que se tratava de Emily e ficaria surpreso.

O palestrante enfiou a mão direita no bolso e não encontrou o que procurava. Euclides parecia nervoso. Não era novidade para Isaac, que conhecia toda a história: os Dados de Euclides seriam apresentados pela segunda vez a uma plateia de estudiosos na universidade de Corema. A teoria das probabilidades e pré-ciência seria rechaçada e, perturbado pela difamação sofrida, o matemático tiraria a própria vida naquela noite.

Euclides virou-se para trás, procurando o que não encontrara em seu bolso. Olhou para Isaac e lhe fez um sinal com a mão.

De início, o garoto desconsiderou, uma vez que sabia ser impossível a alguém do passado enxergá-lo. Então, olhou para trás, procurando a pessoa para a qual Euclides gesticulara

Apavorado, constatou que não havia ninguém atrás de si. Olhou outra vez para a frente e deu de cara com o matemático, que continuava a lhe fazer sinal com a mão, agora apontando para a mesinha no fundo do tablado.

Os olhos do garoto, arregalados e secos, voltaram-se para a mesa e enxergaram uma pequena sacola. Isaac entendeu que precisava pegá-la para Euclides.

Tão vagarosamente quanto uma tartaruga, o garoto caminhou até o fundo, pegou o saco, e cheio de medo o levou ao professor.

Era como se visse um fantasma. Então, passou a sacola às mãos de Euclides, que lhe sorriu como somente pessoas gratas e felizes costumam fazer para desconhecidos. A interação deles não se limitou à entrega do objeto. Uma das mãos de Euclides tocou afetuosamente o cabelo de Isaac, semelhante ao que o pai faz a um filho para demonstrar-lhe afeto.

— Não me lembro de você por aqui. Tão jovem e tão interessado em matemática.

Embora seu coração tivesse aquiescido, Isaac sentiu-se uma estátua congelada ao ouvir a voz de seu ídolo se dirigindo a ele.

— Por meio dos números podemos descobrir a mente de Moudrost. Mas somente se ele nos permitir. Continue nesse caminho, rapaz.

Isaac não sorriu, mas balançou a cabeça, como forma de dizer que entendera o recado.

Dentro de poucos segundos, visivelmente mais calmo, Euclides começou a discursar.

Isaac escutou tudo com a maior atenção. Empolgava-se a cada palavra proferida, mesmo já conhecendo tudo o que se explicava ali. Da sacola, Euclides retirou cinco dados, faltava a moeda de ouro. O discurso, embora científico, possuía um tom bastante didático como se o matemático explicasse suas ideias de forma que até mesmo uma criança pudesse entender.

Todas as explicações e exemplos faziam sentido. Era a palestra mais brilhante que Isaac já assistira em toda a sua vida.

Então, chegou o momento de responder perguntas da plateia. Do fundo do auditório, uma mulher se levantou com arrogância e fez a primeira delas. Ela parecia desafiar a veracidade de tudo o que Euclides expusera, ainda que todos os cálculos apresentados pelo matemático no quadro-negro fizessem sentido.

Isaac sentiu rancor e arrogância no tom de voz da mulher. Ouviu quando Euclides a chamou pelo nome: Cassilda.

O palestrante não titubeou ao responder a pergunta. A explicação de Euclides chamou a atenção do garoto, pois seu conteúdo era algo que ele nunca lera em nenhum dos livros do grande matemático.

O palestrante começou a falar sobre som e sobre música. O discurso tomou um rumo surpreendente e pareceu afrontar Cassilda.

Euclides olhou para Emily. Ela o encorajou a prosseguir. E foi o que ele fez, constrangendo ainda mais a mulher que o afrontava.

Isaac ficou esperando o momento em que o professor iria envergonhar-se perante os ouvintes, mas isso não aconteceu conforme narrado pelos historiadores.

O som do toque de um sino chamou a atenção do garoto do futuro. Ele reverberou pelo auditório, mas ninguém além de Isaac pareceu escutar, fazendo-o ficar confuso.

Olhou para o Pergaminho em suas mãos. Tocou o bolso da calça e sentiu seus dados. Era a junção de poder dos Objetos. Certamente por isso Isaac conseguia interagir naquela linha temporal.

Lembrou-se de quando, no Pântano Obscuro, o grupo conversava sobre os novos poderes de cada Objeto.

Os Braceletes de Ischa, próximos do Pergaminho, davam ao possuidor o poder de interagir com itens de outras dimensões sem que fosse visto. Quando juntos com o mesmo possuidor, permitia-lhe assistir a linhas temporais diferentes.

Os Dados de Euclides, junto com o Pergaminho, deram a Isaac a capacidade de se ver completamente inserido ao passado. E, provavelmente, agora lhe possibilitavam escutar também aquele som.

Curioso e de forma vagarosa, ele desceu do púlpito. Seus movimentos não foram percebidos, pois toda a atenção voltava-se para Euclides, que continuava a responder aos questionamentos de Cassilda.

Isaac percorreu a lateral do auditório, passando pelas filas de cadeiras, observando, um por um, os que assistiam à palestra. Ele ansiava por descobrir a origem do som que perpetuava em sua mente.

Quando, finalmente, atingiu a última fileira, seus olhos repousaram sobre a figura enigmática de Cassilda. Ela aparecia assentada, mas havia algo de estranho. Com uma mão repousada em seu colo, ela segurava uma espécie de cuia e, com a outra, girava um gongo de madeira ao redor da borda do objeto.

Isaac não sabia que se tratava de um sino, mas teve certeza de que o som que escutava provinha do objeto. Ele tentava entender o que sucedia.

A compreensão veio quando ouviu Cassilda proferir impropérios contra o matemático e, para a surpresa do garoto, ninguém se opôs à atitude leviana da mulher.

Um burburinho começou e Euclides foi atacado por outra pessoa da plateia, incentivada por Cassilda.

Assim como Isaac, era impossível para Euclides compreender o que ocorria.

Outro ataque contra o palestrante aconteceu, vindo de um terceiro, e depois mais outro. Não era possível que tantas pessoas se pusessem em acordo para tumultuar a palestra.

Euclides olhou para Emily, que parecia estar desligada dos eventos que passaram a assolar a reunião. A situação saía do controle toda vez que Cassilda falava algo contra Euclides. Era como se todos concordassem com ela, por mais absurdas que parecessem suas palavras.

Se Gail estivesse ali, certamente, teria entendido tudo mais rápido do que Isaac.

"Um Objeto Trevoso", sussurrou o garoto, quando finalmente a ficha caiu em sua mente. Absurdo.

Euclides não fora humilhado naquele dia por falta de bons argumentos ou porque falou coisas sem sentido, como narra a história. Ele fora alvo do poder de um objeto das trevas articulado para manchar sua imagem e acabar com sua reputação.

Isaac pensou em correr na direção de Cassilda e interromper o estranho som que ela produzia. Contudo, lembrou-se do que Le Goff havia narrado sobre a visita de Arnie ao passado.

O futuro, assim como o passado, é obstinado. Ao salvar o anão, Arnie fez com que Huna fosse morta. Se Isaac impedisse Cassilda de dominar a mente daquelas pessoas que zombavam de Euclides, como o futuro seria reescrito? Temeu.

O garoto entendia muito bem sobre probabilidades, por isso convenceu-se de que não tinha mais nada a fazer.

A reunião foi uma humilhação para o professor.

Quando o encantamento pareceu acabar, Emily viu que Euclides estava arrasado e todos reclamavam de sua palestra. Ela acusou Cassilda com os olhos, levantou-se abruptamente e, em seguida, tentou ganhar vantagem e alcançá-la. Mas a detentora do Objeto Trevoso já deixara o auditório.

O recinto começava a ficar vazio e, no púlpito, alguns professores batiam nas costas de Euclides lamentando o fracasso obtido ao defender suas ideias.

Isaac precisava saber mais sobre aquelas mulheres. Então, apressado, deixou o local. Contudo, ao chegar ao corredor, constatou que as perdera de vista.

A escuridão no alto da escadaria à sua frente não parecia um local por onde pudessem sair. Havia mais três outros caminhos possíveis.

O garoto sacou da sacola e, com rapidez, passou a rolá-lo na palma das mãos. Contra toda evidência, o dado indicou a escadaria.

Isaac se apressou. Certamente, seu Objeto funcionaria tão bem no passado quanto no tempo presente. Ele confiou no resultado e subiu.

Lançou pelo menos mais três vezes os dados e, finalmente, encontrou a amiga de Euclides. Ela espreitava algo. Observava escondida a ação suspeita de Cassilda, que saía da sala do professor que ela atacara com palavras.

O que Cassilda fazia ali? Mal deixara o auditório, correra até o escritório do matemático e já vinha saindo.

Uma voz masculina a chamou do escuro:

– Cassy.

Isaac não podia ser descoberto. Sendo assim, jogou-se para dentro de um cômodo lateral, com a porta semiaberta. Olhou pela fresta da dobradiça e acompanhou o desenrolar dos acontecimentos.

Um homem alto surgiu, iluminado pela luz das velas do corredor principal. Embora vestido como o costume dos homens da capital, ele aparentava ser um guerreiro. Não um guerreiro do exército de Enigma, mas um homem grosseiro, rude e até inculto. Cassilda pareceu tão surpresa ao vê-lo quanto Emily.

– Jhadi! Eu falei para não vir.

– Não deixaria nada de ruim acontecer a você – respondeu, beijando-a nos lábios.

– Logo ele subirá para a sala. Costuma passar noites em claro, fazendo cálculos e tentando decifrar enigmas matemáticos aqui. Não podemos ser vistos. Euclides desconfia de nossa união. Ele é o único capaz de estragar nossos planos.

– E sua amiga?

– Emily? Ela é apenas uma tola.

Quando Cassilda disse aquilo, Emily se revelou, repetindo as palavras que ouvira enquanto se mantinha escondida.

"Ela é apenas uma tola."

Cassilda e Jhadi ficaram surpresos com a aparição da aqueônia.

– Como deixamos chegar a isso, Cassilda? – lamentou-se Emily. – Você se juntou a um *surfin* e se mantém disposta a destruir seu próprio povo, sua raça. Agora tudo faz sentido. Pobres aqueônios...

– Cale-se, Emily!

– Calar-me? Você era minha melhor amiga. Havia alegria e piedade em seu coração, sonhos de prosperidade para o reino.

– Vamos deixar o passado onde ele foi enterrado.

A cauda de Emily, que até o momento se mantinha enrolada, começou a se mover por debaixo da blusa. Isaac sabia o que significava. Começaria uma luta.

Então, Jhadi precipitou-se na direção de Emily, mas foi impedido por Cassilda.

– A porção leste da Terra Aqueônia acaba de ser conquistada, Emily. Se você se render, terá um lugar ao meu lado no novo reino.

– Eu não tomarei parte ao lado de uma traidora.

– Eu gosto demais de você, Emily, mas garanto que não haverá escolha. Em breve, todo o reino de Enigma também se dobrará ao meu povo.

– Não, se eu puder impedir!

Emily deu uma voadora e acertou o queixo de Jhadi. O selvagem retrocedeu e, em seguida, avançou sobre ela, que o chicoteou com a cauda.

Os olhos das duas mulheres se encontraram, cheios de dor. A amizade não existia mais. Entretanto, predominava um estranho sentimento que as mantinha ligadas de alguma forma.

Emily conseguiria fugir, não fosse o toque de Cassilda no sino que trazia consigo.

Apenas Isaac escutou a nota ecoar pelos corredores.

– Volte aqui, Emily! – ordenou Cassilda.

O som alcançou os ouvidos de Emily, fazendo-a obedecer. Ela retornou até à porta do escritório de Euclides e ficou imóvel. Não fosse a presença de Cassilda, Jhadi teria retribuído o murro no queixo.

O som de passos ecoou na escadaria.

– Euclides está vindo – anunciou Jhadi. – Deixe-me acabar com ele.

– Ficou louco? Ainda não somos maioria no reino – Cassilda falava como se sempre pertencesse ao povo *surfin*. – A morte do matemático não pode parecer forjada. Venha!

O estômago de Isaac embrulhou; ele viu que Cassilda notara a porta da sala semiaberta, onde ele se escondia.

– Venha, Emily. Não fale nada. Não dê um pio.

À medida que Cassilda, Emily e Jhadi caminhavam na direção de Isaac, o coração do garoto acelerava.

Ele olhou para o Pergaminho em suas mãos. Sua única saída seria retornar ao presente o mais rápido que pudesse. Mas, ele desejava muito ver o que ia acontecer.

"Eu posso retornar quantas vezes quiser. Não seja idiota, Isaac", pensou.

E antes que precisasse deixar aquela dimensão temporal, viu que os três seguiram para a sala em frente àquela onde se ocultava.

As sombras da noite e a iluminação escassa nos corredores lhes facilitavam se esconder.

Euclides surgiu no instante em que o corredor de sua sala ficara vazio e em completo silêncio. Ele não desconfiou que era observado.

Assim que adentrou seu escritório e a porta se fechou, Cassilda e Jhadi fugiram sem ser notados.

Isaac custou a criar coragem para deixar seu esconderijo.

Caminhando na ponta dos pés, o garoto adentrou a escuridão para investigar sobre Emily. Ele não conhecia sua história, mas sabia que ela era a criadora da pena que Pedro possuía.

Se ela tivesse morrido no mesmo dia em que Euclides, isso viria citado na biografia do matemático; mas não.

Isaac viu o vulto da aqueônia no escuro. Ela continuava viva, embora ainda paralisada. Pensou em tocá-la, fazendo-a despertar, mas desistiu. Qualquer interação com o passado precisava ser bem calculada. Ele não queria retornar para o presente e descobrir que toda a realidade fora alterada por inconsequência dele.

Voltou para o corredor e aproximou-se da porta do escritório. Muitos minutos se passaram. A indecisão aumentava. Isaac não poderia invadir o local e impedir que o grande matemático se jogasse pela janela. Se Euclides não morresse naquele dia, talvez os dados jamais chegassem às mãos de Isaac.

De repente, o estouro de vidro estilhaçando e caindo como chuva no andar térreo se ouviu. Estava consumado. Euclides certamente morrera.

Sem pensar duas vezes, Isaac abriu a porta do escritório e correu até a janela. Lágrimas lhe escorreram, enquanto observava o corpo estatelado no piso abaixo.

Isaac se afastou. Não podia ser visto.

Olhou pela sala. Não conseguia acreditar que se achava no escritório do maior matemático que Enigma conhecera, ainda que em uma noite tão triste e terrível.

Os compêndios nas prateleiras, tabelas numéricas pregadas em quadros. Inacreditável, sobre a mesa de estudo de Euclides havia uma folha com a espiral numérica que adornava o piso da Sala do Trono.

–Ele teve acesso a isso – falou Isaac baixinho, encantado.

Seu entusiasmo, porém, foi tomado por terror, quando percebeu o livro ao lado da folha.

Tudo indicava que Euclides acabara de ler o volume.

Imagens monstruosas desenhadas em algumas páginas chamaram a atenção do garoto. A estranha capa de couro deixou Isaac intrigado. Espantou-se ao fechar o livro e observar seu título. Não era possível.

Imediatamente, um barulho atrás do garoto chamou-lhe a atenção. Era Emily.

Isaac não conseguiu deixar a dimensão do passado sem que a aqueônia o visse. Eles se olharam por um rápido instante antes de Isaac desaparecer.

– Precisamos parar com as viagens no tempo – disse Le Goff, assim que percebeu a mudança drástica de reação no garoto à sua frente. O anão sabia que seu amigo tinha ido e voltado do passado. – Se em todas as vezes que vou e volto, eu deixar as pessoas perceberem, elas saberão que eu faço muitas viagens.

Isaac não achou graça naquilo.

– Vamos, garoto, me diga o que o fez ficar tão ofegante? O que Gail aprontou?

– Não é sobre ela, Le...

Isaac recuperava o fôlego.

– Você está pálido. Parece que esteve correndo de um monstro.

– Eu visitei a universidade de Corema.

Le Goff se mostrou realmente surpreso.

– Como não desconfiei disso? Afinal, sua maior paixão é a matemática.

– Euclides nunca pretendeu tirar a própria vida.

O albino conhecia a história do matemático, como contavam os historiadores. Nunca se interessou por saber se era verdadeira.

– Cassilda usou o *Necronomicon* para levá-lo à loucura – Isaac fechou o semblante. – O livro estava aberto sobre sua mesa, aberto na segunda parte da história. Havia imagens profanas e aterradoras nas páginas.

– Huna estava certa.

– Ela sempre esteve. O livro encarna a maldade. Há condenação para os que o leem.

Isaac sorriu. Seu sorriso se alternou com o choro uma ou duas vezes.

A intensidade das expressões de Isaac, ao falar, demonstrava o quanto venerava o grande matemático, o quanto amava sua história e se alegrava em saber da verdade.

– Ele não foi um covarde, Le Goff. De certa forma, eu sempre soube disso. Ele não se intimidaria por ter sido humilhado. Foi tudo armado. Foi Cassilda quem o matou. Ela armou para cima dos primeiros possuidores. Eu estive na sala do professor, eu o vi proferir sua teoria diante de um auditório lotado. Ele era realmente brilhante. E ele me pediu para buscar os dados sobre a mesa e tocou em meu cabelo... Euclides era fantástico.

O anão não se preocupou em saber detalhes do que ouvia naquele instante, embora achasse tudo muito estranho. O anão ficara alegre com a alegria que Isaac sentia. Era contagiante. Mais tarde, porém, ele buscaria conhecer melhor os detalhes de toda a história. Principalmente, a parte quando o garoto afirmara que fora tocado pelo matemático do passado.

Tinham muito o que comemorar e isso bastava para aquele momento. Impediram que uma tragédia ocorresse no reino e agora sabiam onde procurar o sétimo e último Objeto de Poder.

# PARTE V

# OS CULTISTAS

*"Decadência e ruína, fogo e destruição,
no lago de Hali, projetam a junção
de estrelas sombrias, que a vinda aguarda,
causticante e perene, para o que resvala.
Nyarlathotep, Shub-Niggurath!"*

– Nyarlathotep, Shub-Niggurath! Nyarlathotep, Shub-Niggurath!

Quando Randolph Carter acabou de recitar os versos malditos e pôs-se a chamar pelas divindades, todos os cultistas da ilha também começaram a gritar seus nomes: Nyarlathotep, Shub-Niggurath!

Os Sinos de Cassilda estavam dispostos no altar logo à frente do mestre. Ao seu lado; encontrava-se Matera com sua máscara mal colocada na cabeça. Ela não desejava ficar ali.

Quando lhe perguntaram pelo gigante, Matera apenas deu de ombros e falou:

– Arnie foi embora.

Belim achou estranho o comportamento da garota e o sumiço do colosso, mas precisou priorizar o culto a Hastur.

Os gigantes posicionados ao redor dos demais mascarados tocavam fervorosamente os tambores. As batidas dos instrumentos em compasso com as de seus corações pareciam marcar uma marcha macabra, enquanto as fogueiras crepitavam, lançando chamas soberbas e sulfurosas rumo às estrelas.

O disco branco da lua cheia, como um pendão místico no céu, ajudava a iluminar o terreiro onde cinco monólitos marcavam a circunferência ao redor dos cultistas. O local de culto não fora visitado nem pelo aqueônio nem por Arnie até então.

– Conhecimento é aniquilação. Por isso, invocamos o que espreita no limiar, na plenitude do espaço, o Caos Rastejante – Carter continuou. – Nyarlathotep, tenha piedade de nós para que nossas almas não enlouqueçam diante do Rei de Amarelo.

Na frente do altar, uma cena criminosa revelava toda a jactância com que a loucura de Carter conduzia a mente dos mascarados: as mãos, os pés e a cauda de Pedro permaneciam amarrados. Vestido de branco, o aqueônio encontrava-se preso, com uma mordaça na boca e sua máscara indistinta na cabeça. Todos pareciam concordar com o que se via prestes a acontecer.

– Shub-Niggurath, trouxe à vida nosso visitante. Perene em nossos lábios seja o nome de quem fortalece o universo com seu poder de fertilidade, nascimento e renascimento.

Todos começaram a gritar, repetidamente, e em conjunto, o nome do Deus Exterior, responsável, segundo o mestre, por trazer Pedro de volta à vida.

Exausto e perturbado, o aqueônio já não se debatia como no instante em que fora levado até o lugar de sacrifício. Mas seu corpo tremia de medo, assombrado pelas vozes e o som dos tambores.

Randolph Carter tocou o sino vermelho e começou a girar o bastão ao redor de sua borda. A vibração sonora, inaudível ao ouvido humano, se propagou indefinidamente.

– Podem tirar as máscaras – ordenou o mestre.

Todos obedeceram prontamente.

Pedro viu o rosto daquelas pessoas pela primeira vez e se assustou. Um calafrio percorreu todo seu corpo. Um pesar indefinido o envolveu, enquanto buscava enxergar pelos furos de sua máscara tudo o que ocorria. Ele não conseguia parar de olhar para os cultistas.

Os mascarados eram lindos, embora se notassem traços de sofrimento em seus semblantes. Seus rostos eram formosos e muitos carregavam em suas feições delicadeza e harmonia.

O aqueônio não concebia o fato de se entregarem à vida aprisionada às máscaras. As fantasias, ou até mesmo embustes como a falsa cauda de Belim, jamais fariam deles aquilo que Carter lhes prometera que se tornariam. Mesmo porque eles não precisavam daquilo.

Ofegante, Pedro voltou a se debater, quando ouviu Belim dar ordem para que um carrasco se aproximasse com um machado em mãos.

Matera sofria, silenciosamente, ao lado de seu pai. A tristeza que sentia pela sentença que pairava sobre Pedro causava-lhe grande angústia. Onde se encontraria Aurora? Arnie disse que iria atrás da fada e prometera retornar para buscar a filha de Carter.

– Cassilda deixou muitos ensinamentos – prosseguiu Randolph. – Ao solo sagrado desta ilha retornará a paz, quando a cauda do aqueônio for arrancada.

O executor da sentença se aproximou ainda mais de sua vítima.

– Continue se debatendo e você morrerá, Pedro. Ele não costuma ser bom de pontaria – aconselhou Belim, referindo-se ao verdugo com o machado na mão.

Pedro tornou-se cataléptico. Seus músculos se retesaram e seu corpo pareceu travar em uma mesma posição, com medo de ser cortado ao meio.

A perplexidade e abominação com que o ritual dominava a mente do povo da ilha era fruto dos objetos criados por Cassilda.

Randolph Carter tocou o segundo sino.

Uma irradiação blasfema surgiu no céu, logo acima de Pedro. Ouviu-se um som cavernoso, como de vozes roucas e murmurosas. Uma entidade funesta, bizarra e hostil começou a tomar forma, vinda das alturas.

– Nyarlathotep! – gritavam os cultistas.

Belim fez sinal para o carrasco, que começou a descer o machado sobre a cauda de Pedro.

Os cultistas se distraíam com as luzes que irradiavam das alturas, por isso não perceberam quando um dos monólitos começou a tombar.

A gigantesca pedra caiu sobre o algoz antes que ele conseguisse causar dano ao aqueônio. O machado tilintou ao colidir com o chão de pedra e foi parar à beira do altar onde se achavam os Sinos de Cassilda.

Matera sorriu aliviada ao ver a silhueta de Arnie na penumbra. Fora ele quem derrubara o monólito.

– Coloquem as máscaras! – ordenou Randolph, frustrado com o surgimento e a atitude inesperada do colosso – Coloquem as máscaras!

O gigante achou estranha a ordem. Desconfiou que as tais máscaras fossem usadas como instrumento de defesa contra as aparições criadas por Randolph.

Carter fez cessar o som, e a irradiação fantasmagórica imediatamente desapareceu. Selecionou outro sino à sua frente, mas não o tocou. Aguardava inquieto que todos colocassem suas máscaras.

"Os sinos invocam entidades específicas, uma ou outra pode ser vista ou não colocando-se a máscara", pensou Arnie. O gigante apostou que o sino que o mestre segurava era o que levava as pessoas à loucura; provavelmente, o mesmo tocado na noite em que Pedro desaparecera.

Os cultistas pareciam desorientados. Muitos não compreendiam o que estava acontecendo.

– Prendam o gigante! – ordenou Randolph aos guardas.

Outro fato inusitado, porém, aconteceu.

Do poeirento caminho que seguia da floresta, ouviu-se um trote determinado e forte. A andadura progrediu transformando-se em galope, culminando no surgimento de Aurora, revelada pela luz das chamas que crepitavam agitadas.

Arnie não acreditou no que viu e Randolph protelou tocar o sino.

Os mascarados começaram a gritar e proclamar: "O Rei Chifrudo! O Rei Chifrudo!".

Aurora montava o obstinado unicórnio branco. O chifre do animal brilhou ao luar e sua crina frontal bruxuleou ostensiva.

A aparição inesperada da fada cavalgando o Rei Chifrudo fez com que até mesmo os gigantescos guardas retrocedessem. Um deles caiu dentro da mina junto com outros mascarados de menor estatura.

Ficaram todos confusos, pois ainda acreditavam que a fada se transformara em uma estátua.

– Ele mentiu para todos vocês! Randolph é um impostor! Randolph e Belim são impostores!

Poucas pessoas escutaram o que Aurora gritava.

Arnie derrubou dois guardas que tentavam prendê-lo. O gigante olhou para o altar e viu Carter na iminência de tocar o sino da loucura.

Se as deduções do colosso fossem certas, todos ali sem máscara, e isso incluía ele e Aurora, enlouqueceriam tentando lutar contra a força invisível e maléfica que iria se materializar.

Nessa hora, Matera parecia ler os pensamentos de Arnie. A garota pulou nos braços de seu pai, com intuito de impedi-lo. O ato de rebeldia surpreendeu Randolph. Pai e filha lutaram.

A contenda cessou quando o mestre deu um soco no rosto da filha lançando-a para longe.

Enquanto isso, o unicórnio de Aurora empinou e esmagou três mascarados, quando estes tentavam impedi-la de chegar até Pedro.

No chão, Matera sentia o gosto do sangue ensopar-lhe a boca por dentro da máscara. Ela olhou com fúria e tristeza para o pai e pensou no quão mau ele era.

O que o levava a aprisionar os inocentes que chegavam à ilha? O que o fazia manipular de maneira tão perturbadora as aparições invocadas no culto de Cassilda? Talvez tais respostas fossem para o túmulo com mestre Randolph Carter.

– Aurora!

A fada escutou o grito de Arnie e viu quando o gigante lançou-lhe o Manto de Lilibeth. A pontaria e a força perfeita aplicadas no lançamento fizeram com que o Objeto de Poder caísse exatamente nas mãos da garota.

Mesmo montada no unicórnio, ela vestiu a capa vermelha e fez toda a contenda cessar por um instante.

Da paleta do unicórnio, na região logo após seu peito, de ambos os lados, asas enormes eclodiram. Arnie se lembrou de quando Le Goff usava seus braceletes para voar. A multidão assistiu encantada ao unicórnio se tornar um animal alado.

Aurora se assustou, mas conseguiu manter-se sobre a montaria. Ela não sabia como fazê-lo voar. Tocou a barriga do animal com os pés, puxando levemente as pernas para cima e, num piscar de olhos, ambos estavam no ar.

As asas do unicórnio bateram possantes, chegando a derrubar algumas pessoas próximas.

A fada olhou para o gigante e, em seguida, para Matera. Não imaginou que aquilo seria um adeus. Os três viram o instante em que Randolph tocou o sino e o fez reverberar.

Matera tentou impedir.

– Não toque nele, minha filha! – gritou o tirano, perplexo.

Tarde demais. O corpo de Matera foi lançado para longe como se uma força medonha protegesse o artefato das trevas, enquanto ele emitia o som. Arnie percebeu que somente Carter poderia fazer o sino parar de tocar a nota trevosa.

Pouco tempo após ele ser tocado, a sensação terrível da presença do Rei de Amarelo começou a se manifestar.

Com exceção do gigante, todos usavam máscaras. Aurora colocara o capuz de seu manto, o que a protegeu.

A fada notou que, assim como o poder da Pena de Emily, no pântano, fora neutralizado, pouco antes de sua fuga, impedindo que Pedro lesse seus pensamentos, assim também o poder infernal do Sino de Cassilda não surtia efeito sobre seus ouvidos, quando protegidos sob o capuz.

De forma tempestuosa, Arnie agarrou-se a Randolph e ambos rolaram sobre o altar.

– Faça o sino parar! – gritou com fúria o gigante, segurando o tirano pelo pescoço.

Mas a insanidade começava a tomar conta da mente do colosso. Randolph foi lançado ao chão, enquanto, enlouquecido, Arnie segurava a cabeça com as mãos, gritando de horror.

Aurora precisava fazer alguma coisa. Recordou-se da batalha no covil dos *goblins*. No meio da confusão, baixou a guarda e não protegeu sua mãe como deveria. Olhou para Pedro estirado no chão, ainda com os pés, mãos e cauda amarrados. Olhou para Arnie, que quase convulsionava de tanta dor. Soltou um grito de raiva, enquanto sobrevoava o aqueônio aprisionado, esticou as mãos desenhando no ar um arco de cento e oitenta graus, e seu poder de telecinesia jogou longe todos os mascarados que se aproximavam de seu amado.

Em seguida, avançou sobre o altar. Pousou e desmontou o unicórnio. De maneira espetacular, as asas de seu animal desapareceram. Então, ela disse ao Rei Chifrudo:

– Corte as amarras de Pedro! Salve-o!

O unicórnio compreendeu e foi na direção do aqueônio.

Aurora viu o que acontecera com Matera, por isso não tocou nos sinos. Usou o poder de seu Objeto e começou a lançar um a um, com violência, contra o chão e contra a parede.

Os sinos flutuavam até certa altura, dominados pela fada, como que pegando velocidade, para em seguida serem lançados. Espatifavam-se em milhares de pedaços.

Randolph deu um grito e sentiu seu corpo se agitar. Quando o último sino se quebrou, o que reverberava, emitindo a nota trevosa, o pai de

Matera parou de respirar e teve o tronco de seu corpo projetado para a frente como se uma lança o tivesse trespassado, vinda de trás.

Os olhos do tirano escureceram, como se fossem uma grande pupila negra. Sua boca se expandia enquanto o corpo convulsionava. Algo sórdido acontecia com o mestre.

Se antes os mascarados se envolviam no culto de Cassilda, agora, apavorados, tornaram-se apenas espectadores da confusão. Perplexos, observavam, como se o transe em que se encontravam mergulhados tivesse sido rompido.

Arnie tentava acordar a filha de Randolph.

– Matera!

O colosso chamou duas ou três vezes seu nome. Ergueu-a e, com cuidado e cheio de ternura, tomou-a nos braços, acariciando seus cabelos. Ela não respondeu.

Os sentidos aguçados de Arnie enviavam mensagens para seu cérebro, mas suas emoções negavam qualquer pensamento racional. Matera estava morta, não por causa da queda que sofrera ao ser lançada para longe. A energia maléfica emitida pelo sino, enquanto reverberava, matou-a.

O gigante ainda segurava o choro, quando escutou o grito de Pedro. Aurora também voltou-se para ver o que ocorria.

O Rei Chifrudo conseguira desatar quatro das amarras do aqueônio, sempre se desvencilhando e atacando Belim, que o fustigava com seu rabo postiço.

Quando o unicórnio conseguiu rasgar com o chifre a quarta amarra, Belim ganhou tempo e alcançou o machado. Ele não precisou se aproximar muito para cometer seu delito. Dois passos para a frente, os pequenos braços esticados e uma lâmina tombaram com velocidade e fúria.

Chifrudo conseguiu impedir que o mordomo de Carter matasse Pedro, mas não que cortasse sua cauda. O grito de dor do aqueônio ecoou.

Perplexidade!

Belim poderia ter se rendido. Ele não se deixara dominar pelas entidades do culto de Cassilda, quando cometeu o crime. Seu coração ruim, desvirtuoso e amargo o levara a intentar contra a vida de Pedro.

Sem hesitar, o unicórnio baixou a cabeça para, em seguida, empiná-la com força e fúria, encravando o longo chifre na barriga do anão. Os pés de Belim deixaram o chão. Chifrudo girou a cabeça com força, lançando o pequeno corpo para longe.

No chão, segurando seu rabo postiço, Belim estertorou antes de vir a falecer.

Aurora não gritou como fizera ao ver sua mãe morrer pelas mãos do *goblin*. Mas a frouxidão que tomou conta de seus pensamentos e sua negligência, em relação ao que acontecia com Carter, levou-a para uma situação de perigo.

Ao destruir o último sino, a fada liberou do corpo de Carter uma espécie de Lictor das trevas.

# DECADÊNCIA E RUÍNAS

Não era mais possível reconhecer o corpo de Randolph Carter: alongado, subcilíndrico, com escamas diminutas na pele. Seus braços transformaram-se em nadadeiras peitorais flexíveis e desenvolvidas: ele era a Criatura do Lago.

As nadadeiras se projetaram na direção de Aurora, enquanto o corpo do mestre se alterava para a forma pisciana. Carter conseguiu agarrar o manto da fada, mas sua transformação em um peixe gigante o fez perder o controle e puxá-la com violência. O Manto de Lilibeth funcionou como uma catapulta nas mãos do monstro, arremessando a garota nas profundas e gélidas águas que circundavam a ilha.

Arnie moveu-se rapidamente, com o corpo de Matera ainda em seus braços, estancando à beira do barranco.

Olhou a escuridão líquida à sua frente, mas também viu o manto vermelho caído a seu lado. O colosso sabia o que iria acontecer.

Pedro agonizava. Chifrudo o rodeava, como uma muralha protegendo-o dos habitantes da ilha.

A enorme enguia enroscou-se como uma serpente, agitada e maligna, e lançou-se no lago.

Enquanto isso, nas profundezas das águas, o corpo enrijecido e silente de Aurora afundava, emitindo um espectro de luz que cortava a escuridão; uma luz cada vez mais intensa.

Frenética e inquieta, a monstruosa enguia passou pela fada, tocando-a como um taco de sinuca ao bater em uma bola.

Inconsciente e submerso, o corpo de Aurora agitou-se funestamente, começou a tremer e a se expandir. Arnie concluíra que aquilo ocorreria: um Lictor seria liberado para honrar a possuidora de quem o Objeto fora arrancado com violência.

Os olhos da garota foram iluminando-se, à medida que cresciam. Uma mancha negra no centro perfilava a pupila. A boca se abriu soberba e lúbrica. O pescoço desapareceu quando sua cabeça grudou-se detrás do tronco. Escamas grotescas surgiram em sua pele. Desgraça e jactância foram anunciadas com o ruído que saiu da garganta de seu Lictor.

A transformação se completou antes que um novo ataque ocorresse. Aurora, então, era uma gigantesca piranha com dentes afiados, opressivos e cheios de repulsão.

Acima das águas turvas do lago, na ilha, a tristeza se apoderava dos amigos da fada. As palavras proféticas de Isaac Samus se cumpriram. A ida de Arnie e Pedro até àquele lugar culminara em destruição, perdas e muita dor.

O matemático acertara quando profetizou que Pedro não deveria seguir em busca da fada. Mesmo sabendo disso, o aqueônio e o gigante insistiram.

Arnie carecia de forças para consolar seu amigo. Começou a chorar, abraçado à Matera, por quem também sentia-se triste. Ajoelhou-se, mas a manteve apertada ao peito.

Enquanto lamento e tristeza invadiam o solo rochoso da ilha, como bruma sufocante, nas trevas indistintas das águas do lago retumbava o pavor de uma luta grotesca.

Mesmo distante, na escuridão, a enguia monstruosa captava com seus enormes olhos os campos elétricos gerados sob a água.

A piranha movia-se nervosa no escuro, à procura da criatura oponente. Conseguiu desviar-se de um ataque destrutivo e repentino, mas a enguia desapareceu novamente na escuridão.

A movimentação na água voltou a cessar. Tudo se cobria de trevas e silêncio, mas o mal mostrava-se presente, espreitando.

Outro ataque febril e desprezível ocorreu. Desta vez, uma rajada elétrica fez a piranha emitir um som agonizante que se ouvia na superfície. Mesmo ferida, conseguiu perseguir o Lictor trevoso.

As criaturas saltaram na superfície das águas, caindo novamente no lago após descreverem a trajetória de uma parábola no ar. Arnie, Pedro, Chifrudo e os mascarados assustaram-se com a projeção dos monstros. O gigante pensou em intervir em favor da piranha. Ele assistira à transformação de Carter, por isso sabia qual deles era Aurora.

Devido ao dano que sofrera com a rajada elétrica, a piranha não conseguiu acompanhar a enguia, quando retornaram para as profundezas do lago.

O Lictor de Carter possuía o sexto sentido e o utilizava para ter vantagem na luta.

As águas aquietaram-se novamente e um silêncio mortal retornou.

Se aguardasse um novo ataque, poderia ser seu fim, sinalizou o instinto animalesco da piranha. Então, algo surreal começou a acontecer.

Era como se os poderes do Manto de Lilibeth pudessem ser usados pelo Lictor a que ele deu origem.

Gotas de água se aglutinavam e subiam aos ares, acima do que antes fora a linha de superfície do lago. O volume líquido aumentava no céu, à medida que a cratera se esvaziava.

O Lictor de Aurora mantinha água em seu redor para sobreviver, enquanto deslocava o restante para as alturas.

O fluido retirado da depressão começou a ser vertido na mina. O processo foi rápido e majestoso. O volume líquido se mantinha coeso no ar enquanto era transferido. Quando a cratera da mina não mais o comportou, tornando-se um lago dentro da ilha, o Lictor de Aurora o derramou na direção dos vales solitários e traiçoeiros ao redor da Montanha da Loucura.

A piranha, finalmente, avistou a enguia se contorcendo na espaçosa depressão seca que se formou. Seus olhos fixos assistiram ao Lictor de Carter agonizar, entre raios elétricos e guinchos, até a morte.

O animal trevoso ainda tentou em vão rastejar na direção de seu rival.

Aos poucos, as rajadas de eletricidade da enguia foram diminuindo e seu pulsar cessou.

Quando o corpo da fada caiu no chão, totalmente molhado, após o retorno ao estado normal, foi acolhido pelo unicórnio que galopou frenético trazendo-lhe o manto vermelho preso à boca.

Chifrudo acariciou o rosto de Aurora com a boca e tocou-a delicadamente com seu chifre. Uma energia incomum a fez recuperar-se do cansaço. Então, ela o montou.

Sem demora, as asas do animal surgiram e eles voaram.

O céu começava a exibir tonalidades avermelhadas a leste, indicando o amanhecer de um novo dia. O vento soprava intensamente. As correntes de ar ganhavam velocidade no corredor formado pela depressão, onde antes existira o lago. Ascendiam, ao colidir com a elevação, que antes fora uma ilha.

Com aspecto sofrível, Arnie e Pedro aguardavam o pouso da fada. Os habitantes da ilha se reuniam ao redor deles.

Chifrudo bateu as asas controlando a aterrissagem. Os primeiros raios de sol iluminaram a amazona e seu cavalo alado, enquanto eles planavam delicadamente na direção dos olhos amedrontados e inquietos, que os acompanhavam em terra.

– Salvem a Princesa Negra Flutuante! – gritou uma voz do meio da multidão.

O gigante e o aqueônio ouviram incrédulos a proclamação.

– Salvem a Princesa Negra Flutuante! – repetiu-se o grito até se tornar de fato uma proclamação.

– Princesa Negra Flutuante! – repetiam as vozes.

Aurora pousou sobre o altar. Olhou com lástima para Pedro, por causa da amputação, mas ficou feliz de vê-lo sem a máscara e com vida. Ela sabia que superariam a fatalidade. Tinham que superar.

Arnie continuava perplexo. O que aquelas pessoas faziam? Acabaram de ser libertas do poder doentio de um tirano que brincava com suas fraquezas e carências emocionais. Por que tratavam Aurora exatamente com a mesma devoção que atribuíam anteriormente a Randolph Carter?

A fada permaneceu montada. Observava aqueles belos rostos que compunham a multidão que a endeusava. Sentiu pena.

O dia ficava cada vez mais claro. A escuridão se dissipava.

– Parem com isso!

Todas as vozes e clamores cessaram à ordem de Aurora.

– Não veem que fazem o errado? Não permitam que suas vidas sejam controladas por outra pessoa. Nem pela mais poderosa que possa existir.

– Precisamos de um líder! – gritou alguém.

A garota silenciou, pensativa.

– Sim, vocês precisam de uma liderança, uma boa liderança. Mas só ficarão preparados para ela quando, primeiro, souberem o valor que vocês possuem, antes de valorizá-la. Líderes verdadeiros se entregam por seus liderados. Carter não fazia isso – Aurora olhou para o corpo de Matera nos braços de Arnie.

– Você nos libertou do jugo do mestre Randolph!

A afirmação vinda da multidão deixou Aurora confusa. Aquelas pessoas passaram tanto tempo servindo penosamente a um homem mentiroso, dissimulado e manipulador, que ficaram confusas quanto ao que fazer. Mesmo após terem sido libertas.

– Pássaros criados em cativeiro passam a acreditar que voar seja uma doença. Lutem contra as falsas crenças que lhes ensinaram neste lugar. E, acima de tudo, não rejeitem a própria natureza que vocês possuem, pois ela os guiará da maneira correta.

A multidão se calou.

Arnie retirou o grimório de Huna do bolso e o mostrou a Pedro. Os raios de sol tocavam-lhe a face.

O aquêonio sorriu em gratidão. Não sabia como seria sua vida dali para a frente, agora que não possuía mais sua cauda. Sentiu-se, porém, feliz por ter Aurora e seu amigo gigante por perto e permanecerem vivos.

– Arnie, está em nossa natureza valorizarmos o sol apenas quando ele se faz ausente, como nos longos períodos de chuva ou quando as noites parecem intermináveis. Mas, a verdade é que não deveríamos nos cansar nunca dele, porque de tempo em tempo precisamos de seus raios para nos aquecer e confortar.

Nem mesmo a porção dobrada de sabedoria que Huna derramou sobre a vida do gigante o fez compreender as palavras de Pedro naquele instante. O colosso assentiu com um movimento de cabeça, mas o aqueônio percebeu que ele não entendera sua mensagem.

– Estou lhe dizendo é que você pode se fazer ausente na vida de uma pessoa para que ela o valorize. Mas, verdadeiros amigos nunca se cansam da presença um do outro. Nem nos dias maus nem nos dias em que tudo vai bem, Arnie.

As palavras de Pedro confortaram o sofrido coração do gigante. Eles olharam afetuosamente Aurora montada em Chifrudo.

Os três passariam mais alguns dias na montanha, ajudando na reconstrução da vila.

Os cidadãos da antiga ilha entenderam a mensagem da fada. E nos dias que seguiram o fim do reinado de Randolph, eles buscaram conhecimento e sabedoria por meio da vida dos possuidores dos Objetos de Poder. Arnie e Pedro contaram sobre a prosperidade em Corema e como a rainha procedia de forma justa com seu povo. Até mesmo Aurora se surpreendeu e teve vontade de conhecer Owl.

O corpo de Matera foi sepultado no bosque do Rei Chifrudo no dia seguinte à destruição do lago. Arnie chorou enquanto durou o funeral. E fez um lindo discurso junto ao túmulo da garota que tão precocemente amou, embora de maneira intensa e verdadeira.

A floresta, antes conhecida como amaldiçoada, passou a ser considerada lugar sagrado, Berço do Unicórnio. O povo, antes mascarado, passou a se chamar Povo da Montanha, mas sem menção à loucura.

Os aldeões prometeram à Aurora, Arnie e Pedro esforçarem-se para que um bom líder entre eles fosse, em breve, escolhido.

Pedro os alertou sobre o destino do minério retirado da montanha: "Não negociem com *goblins*". Assim que retornasse à capital do reino, instruiria a rainha a enviar pessoas capacitadas para orientá-los melhor.

– Eu sinto muito, Pedro – a fada lamentou o corte da cauda de seu amado.

Dois dias de luto já haviam se passado.

– Eu daria minha vida pela sua, Aurora.

Eles ficaram se olhando por um tempo.

– Você não estava fugindo de mim.

Aurora olhou para Chifrudo que bebia água no córrego da Floresta do Berço do Unicórnio. Arnie, sentado em uma pedra, olhava vagamente para o horizonte. Pensava em Matera.

– Você veio atrás do unicórnio – concluiu Pedro.

– Para proteger você – explicou a fada. – O que passei naquela noite em Bolshoi, quando você foi esfaqueado...

– Não acontecerá novamente, Aurora.

– Mas quase se repetiu, Pedro. Eu precisava encontrar Chifrudo.

A fada permaneceu calada. Tirou da bolsa o grimório de sua mãe e o folheou. Agora ela era uma monarca.

# EPÍLOGO

Isaac estava sozinho em seu quarto. Não conseguia dormir.

Haviam descoberto, finalmente, onde procurar o sétimo Objeto de Poder, mas seus pensamentos conectavam-se em outra questão.

Não conseguia passar um minuto sem pensar em Gail.

Retirou os dados do alforje e os rolou sobre a mesa, a fim de saber algo que o deixava inquieto. As probabilidades manifestadas eram baixas.

Juntou-os novamente e fez um novo lance. As mesmas probabilidades se repetiram em todas as faces.

Pela terceira vez, ele rolou os dados e o mesmo resultado surgiu.

Revoltado, Isaac os lançou para longe no chão. Não poderia aceitar terminar a jornada pela busca dos Objetos de Poder sem Gail ao seu lado.